Hu(hn)man

Ich wollt, ich wär' ein Huhn*

© 2017 Autor+Rechteinhaber: Florian, Schedlberger +
Martin, Schedlberger
1.Auflage

Autor: Florian, Schedlberger + Martin, Schedlberger
Umschlaggestaltung, Illustration: Martin, Schedlberger
Lektorat, Korrektorat: Renate, Dr. Feikes

Verlag: tredition GmbH, Hamburg
ISBN: 978-3-7439-1801-6 (Paperback)
       978-3-7439-1802-3 (Hardcover)
       978-3-7439-1803-0 (e-Book)

Printed in Germany

Bibliografische Information der Deutschen
Nationalbibliothek:
Die Deutsche Nationalbibliothek verzeichnet diese
Publikation in der Deutschen Nationalbibliografie;
detaillierte bibliografische Daten sind im Internet über
http://dnb.d-nb.de abrufbar.

Die wahren Abenteuer sind im Kopf
und sind sie nicht im Kopf,
dann sind sie nirgendwo

Urheber: André Heller / Ingfried Hoffmann
(LP "Abendland" 1976, Deutschland)

60% Genidentität Mensch/Huhn - ein paar evolutionär wenig ausgetretene Pfade, andersartige Abzweigungen oder der banale natürliche Zufall und die Entwicklungsgeschichte terrestrischen Lebens wird zur geflügelten Story...

Prolog

Jutta tritt mit dem Fuß auf den Öffnungs-
mechanismus des Mülleimers und wischt die
übriggebliebenen Haut-, Fleisch- und Knochen-
reste der geflügelten Mahlzeit hinein.
Mit hörbarem Unwillen steckt sie die Teller in den
Geschirrspüler.
Auch der Rest der Küche schreit nach Meister
Proper – lautlos.
Das kann warten.
Morgen ist auch noch ein Tag.

Vor dem zu Bett gehen wirft sie noch einen kurzen
Blick in die Zimmer ihrer beiden Töchter.
Lena, die vor einer Woche ihren sechsten
Geburtstag feierte, schläft tief und fest mit ihrem
Teddy im Arm.

Ulla, die die letzte Klasse Oberstufe besucht, trägt
Kopfhörer und tippt auf ihrem Laptop.
Fast Mitternacht.
Egal, morgen wird Jutta definitiv nicht zu
nachtschlafender Zeit aufstehen.
Einfach liegen bleiben, solange sie müde ist und
liegenbleiben will.

Sie hat keine Lust mehr auf noch eine Auseinandersetzung mit ihrer Großen.

Führt zu nichts.

Georg, ihr Mann, ist auch noch nicht zuhause.

Kein Anruf, keine SMS,.....

Nicht die kleinste Information, wo er steckt.

Interessiert sie auch nicht mehr.

Sie schläft ein, kurz nachdem ihr Kopf das Kissen berührt.

1.

„Ich wollt', ich wär' ein Huhn,..."*

„Kmeeen…

Froouu kmeeen…

kmeeen!"

Kaum die Augen aufgeschlagen, wird Jutta von einem Arm halb hochgerissen und mitgeschleift.
„Was...was ist denn?
Lassen Sie mich sofort los!
Loslassen!!"
Energisch versucht sie sich vom festen Griff dieser fremden Hand loszureißen.
Vergeblich.
„Wo bin ich?
Wer ist das?
Wo ist meine Familie...?"
Tausend Fragen prasseln augenblicklich auf ihren Kopf ein.
Gleichzeitig versucht sie diese Gedankenflut einigermaßen zu ordnen und mit dieser Fremden - die sie noch immer sicher im Griff hat - Schritt zu halten.
Jutta hat ihre anfängliche Gegenwehr aufgegeben.
Dieses weibliche Wesen, diese Frau ist nackt.
Sie hat keine Haare auf dem Kopf.

Sie ist schmutzig.

Und sie stinkt.

Wie alles hier.

Ein permanenter, fast penetranter Geruch, Gestank.

Jutta versucht sich - während sie von dieser nackten, streng riechenden Frau mitgezogen wird - zu orientieren.

„Ich bin im Freien.

Die Sonne scheint und es ist heiß.

Verdammt!!

Wo bin ich hier !?"

Die Fremde bleibt stehen, lässt Jutta los.

„Frou hirrr…

Frou hirrr" , kommt aus dem Mund der fremden Nackten.

Sie weist auf eine beschädigte Stelle eines Holzzauns, die eine Möglichkeit des Durchschlüpfens bietet. Die Worte sind herausgepresst, in einer sehr abgehackten, ruppig rauhen, tierischen Lauten ähnelnden Sprechart.

Ihre Fluchthelferin zwängt sich durch den Spalt der hölzernen Abgrenzung.

Jutta greift sich an die schmerzende Stelle an der rechten Stirnseite und fühlt eine Erhebung, eine Beule nicht unerheblichen Ausmaßes - vielleicht die Folge eines Zusammenstoßes oder Schlages.

Juttas Gedächtnis gibt ihr keine Auflösung.

Kein adäquater Schmerz abgespeichert.

Jetzt bemerkt sie auch an ihrem linken Handgelenk einen metallisch glänzenden Ring. Er sitzt ziemlich eng und hat eine Gravur, die Jutta auf die Schnelle nicht entziffern kann.

Ist dieser Armreif ein Geschenk von Georg? Sie kann sich nicht erinnern.

Hier stimmt etwas nicht.

Sie lässt ihren Blick an diesem unbekannten, mysteriösen Ort schweifen.

Diese hölzerne Abgrenzung, alles was sie sieht, die ganze Umgebung ...

Alles zu überdimensioniert.

Nackte Frauen, alle - soweit sie das überblicken kann - ungefähr in ihrer Größe ohne ein einziges Haar am Kopf und wie es scheint auch nicht am restlichen Körper, laufen in Panik – man könnte fast meinen in Todesangst - kreuz und quer über ein unüberschaubares Gelände.

Massenpanik unter nackten Frauen.

„Bin ich hier am Drehort eines billigen Sexstreifens?", kommt Jutta spontan in den Sinn.

Sie haben alle panische Angst.

Aber vor wem oder was?

Da spürt Jutta wieder die Hand der Fremden, die sie nun auch durch den Zaunspalt hineinzieht. Die Frau trägt ebenfalls dieses Metallarmband am linken Handgelenk.

Sie setzt sich, ohne sich weiter um Jutta zu kümmern.

Jutta kneift die Augen fest zusammen, in der Hoffnung diese Irrealität einfach wieder wegblinzeln zu können.
Sie öffnet die Augen und blickt sich um.
Alles unverändert.
Immer wieder steigt dieses unkontrollierbare Panikgefühl in ihr hoch.
„Komm runter, Jutta, nur jetzt nicht durchdrehen", versucht sie sich zu beruhigen.
Ein geschlossenes Tor und Holzfenster, Heuballen, Heugabel und andere etwas fremdartige Dinge, die allesamt unter den Sammelbegriff „Landwirtschaftswerkzeug und -geräte" fallen.
Alles, inklusive dieses riesigen Geräteschuppens, passt nicht in die Größenverhältnisse, so wie Jutta sie kennt.
Für wen sind diese Geräte? Für Gulliver?
„Iiiiiiiiiiiiiiiiiiiiih!" hört sie plötzlich von draußen.
Ein hohes „C" in Todesangst.
Schrill, panisch.
Jutta lugt durch den Spalt, durch den sie geschlüpft sind.
Zwei Frauen, gefangen in einer Art Fischernetz, werden in diesem Augenblick von irgendwem oder irgendwas am Boden dahin geschleift.

Jutta kann den Träger des Netzes mit der weiblichen Fracht nicht sehen.

Er ist gerade hinter der Scheune verschwunden.

Die Gefangenen wehren sich heftig, aber dennoch wirkungslos.

Sie kämpfen mit aller verbliebenen körperlichen Kraft gegen das gerade Passierende, wissend um das ihnen noch Bevorstehende.

Keine der anderen Frauen scheint dieser Vorfall zu kümmern.

Keine rührt einen Finger.

Sie scheinen fast erleichtert.

Erleichtert, nicht selbst betroffen zu sein.

So als ob das gerade Geschehene nichts Außergewöhnliches wäre, sondern eher als etwas längst Alltägliches, Unabwendbares akzeptiert worden ist.

Die Entfernung dämpft die schrillen, panischen Schreie der Entführten.

„Mein Gott, was passiert hier?",

Jutta packt die am Boden neben ihr sitzende kleine Frau an den dünnen Oberarmen und schüttelt sie.

„Was ist hier, verdammt noch mal, los!!!!!!!!!",
brüllt sie der Unbekannten ins Gesicht. Doch die Apathie lässt sich nicht herausschütteln aus ihrem Gegenüber.

Jutta sieht in die völlig teilnahmslosen Augen der Fremden.

Vielleicht steht sie auch unter einer Art von Drogen.

Sie muss unbedingt herausfinden, was mit den Verschleppten passiert, oder schon passiert ist.

Nach kurzem Überlegen schlüpft sie durch den Spalt aus dem Versteck.

Gebückt und mit äußerster Vorsicht läuft sie an der Scheune entlang, immer versuchend sich an den Schreien der entführten nackten Frauen zu orientieren.

An der nächsten Ecke bleibt sie kurz stehen und schaut sich um – keine Gefahr.

„Iiiiiiiiiiiiiiiiiiihhhhhhhhhhhhh!"

Abrupt verstummen die Schreie, die Panikgeräusche der Frauen.

Stille.

Unheimliche Stille.

Todesstille.

Jutta horcht ganz intensiv.

Als ob sie jedwede Gefahr akustisch wahrnehmen könnte.

Und läuft los.

Sie läuft zur nächstgelegenen Gebäudekante der Scheune, hinter der sie die gefangenen Frauen vermutet und unterschätzt dabei die Entfernung.

Die Strecke bringt Jutta dabei fast an die Grenze ihrer Kondition.

An der Ecke angekommen, rast ihr Puls im Staccato eines Sturmgewehres.

Aber sie muss unbedingt wissen, was das Schicksal für diese Frauen bereithält.

Der Herzschlag hat sich ein wenig beruhigt.

Jutta späht um die Ecke.

Und erstarrt.

Sie kann gerade noch einen reflexartigen Entsetzensschrei ob dieses Anblicks unterdrücken und hat allergrößte Mühe sich auf den Beinen zu halten.

Sie übergibt sich.

Zwanghaft versucht sie, geräuschlos zu bleiben.

Die beiden Frauen baumeln enthauptet, mit den Füßen nach oben an eine Art Wäschetrockenleine gebunden, leblos in der Sonne.

Geköpft und zum Ausbluten aufgehängt.

Noch immer rinnt Blut aus den offenen Hälsen der Frauen.

Geschockt, mit offenem Mund wankt Jutta in Richtung der Leichen.

Der ekelhafte Geschmack des Erbrochenen hat sich auf der Zunge und in sämtlichen Winkeln ihres Mundraumes festgesetzt.

Und er bildet mit diesem visuellen Schlachthaus-szenario eine groteske Symbiose.

Sie blickt nach unten.

Leere Augen sehen sie an.

Vor Schreck dreht sie reflexartig ihren Kopf...

… und blickt direkt in das zweite tote Augenpaar.

Jutta sinkt auf die Knie.

„Neeeeeeeeeeeeeeeeeeeeeiiiiiiiiiiiiiiiiin!!!!!!!!!!!!!!!!"

Absolute Hoffnungslosigkeit hat von ihr Besitz ergriffen.

Und ein heftiger Weinkrampf lässt alles um sie herum in Tränen verschwimmen

„Ich werde hier sterben. Ich werde hier sterben. Ich werde hier sterben….."

Dieser Satz setzt sich in ihren Synapsen und Gehirngängen fest.

Minutenlang – nach Juttas Empfinden endlos – fließen die Tränen über ihre Wangen.

Kraftlos und auch völlig antriebslos steht sie auf, dreht den Kopf zur Seite und sieht – kurz bevor sie durch einen kräftigen Schlag das Bewusstsein verliert - „Gulliver":

Einen Riesen in Gestalt eines…Huhnes!!!!!!!!

2.

Schweißnass und mit einem lauten Schrei schreckt Jutta im Bett hoch.

Sie atmet tief und schwer.

„Mama, was ist denn los?" Ulla steht etwas verstört in ihrem, zu einem Nachthemd umfunktionierten T-Shirt in der Schlafzimmertür.
Jutta sieht auf die Uhr. Halb zwei Uhr früh.
Es ist finster, bis auf den Lichtschein, der aus dem Vorzimmer einfällt. Regentropfen prasseln ans Fenster.
„Gott sei Dank!", flüstert Jutta leise in sich hinein.
„Nichts, Ulla, ich hab' nur ganz schlecht geträumt. Es ist alles in Ordnung. Geh wieder ins Bett und schlaf' weiter, meine Große. Und schau mal kurz bei Lena rein. Ich hoffe, ich habe sie nicht auch geweckt."
„Du hast mich nicht geweckt, ich war noch wach. Nochmals gute Nacht und versuch's mal mit schönen Träumen!"
Keck dreht sie sich um und verschwindet in Richtung ihres Zimmers.

Jutta streift ihr komplett verschwitztes Nachthemd über den Kopf und wirft es Richtung Schlafzimmertür.

Sie wird morgen die komplette Bettwäsche wechseln müssen.

Alles ist feucht, um nicht zu sagen nass.

Das war ein absoluter Horrortraum.

So was hatte sie noch nie geträumt.

Nicht einmal in annähernder Intensität.

Jutta überlegt kurz unter die Dusche zu gehen, entscheidet sich aber dagegen, um die Kleine nicht aufzuwecken.

Georg ist noch immer nicht zu Hause.

Sie legt sich auf den Rücken, verschränkt ihre Hände hinter dem Kopf und versucht sich gedanklich Klarheit zu verschaffen.

„Woher hab' ich bloß diese grauenhaften Bilder.......?

Woher kommt diese groteske Traumwelt. …......?

Aus welcher Ecke in meinem Kopf werden solche Informationen abgerufen?

Ich kann mich beim besten Willen an keine auch nur oberflächliche Auseinandersetzung mit solchen Themen erinnern."

Derart aufgewühlt ist an Schlaf nicht zu denken.

„Das ist alles schon ewig lange her", Juttas Gedanken schweifen ab und wühlen im Langzeitgedächtnis. Schöne, emotionale und ungemein prägende Erlebnisse, die das bloße

Existieren zu einem ganz persönlichen, individuellen und einzigartigen Ereignis machen:

„Georg ist kein klassischer Frauentyp, falls es den überhaupt gibt, aber er hatte schon damals – und an dieser Eigenschaft, an dieser Ausstrahlung hat sich bis heute nichts geändert - etwas unglaublich Interessantes an sich.

Wir kennen uns jetzt einundzwanzig Jahre und sind fast 18 Jahre verheiratet.

Er war groß, schlank, hatte dunkle, kurze Haare, dunkle Augen und einen kurzen gepflegten Vollbart, schmale Lippen und eine relativ große Nase.

Was Kleidung anbelangt, war und ist er schon immer sehr unkompliziert. Soweit ich das noch im Kopf habe, trug er an diesem Spätsommerwochentag - bei unserem ersten schicksalhaften Zusammentreffen - eine Jeans, ein helles Polo-Hemd, dunkle Schuhe und ein ebenso dunkles, leichtes Sakko.

An mich schmiegte sich ein dunkles, ich glaube blaues, mittellanges Sommerkleid, darüber eine schwarze Lederjacke und für die Füße was Luftiges, Bequemes: flache, dunkle Sandaletten.

An solchen Tagen prägen sich selbst Nebensächlichkeiten, wie die Farben des Kleides oder der Schuhe in die eigene Festplatte ein.

Ich hatte zuletzt eine eher kurzfristige Beziehung und war alles andere als einsam.

Beruflich hatte ich gerade Fuß gefasst. Als Gebietsleiterin einer mittelgroßen Versicherung mit eigenem Büro, sprich Filiale in unserer kleinen Stadt.

Meine damalige Wohnung befand sich im Zentrum, nicht weit von unserer örtlichen Niederlassung entfernt, ich war praktischerweise unabhängig vom Auto und auch zu Fuß nicht länger als 30 Minuten in mein Büro unterwegs.

An diesem Spätnachmittag wollte ich nur um die Ecke in den kleinen Lebensmittelladen, um mir die Zutaten für mein Abendessen zu besorgen.

Ich sperrte die Tür zu meiner Wohnung im ersten Stock ab und benutzte die Treppe ins Erdgeschoss in Richtung Haustür.

Als sich die Aluminium-Glas-Tür des Mehrparteienhauses hinter mir schon wieder schloss, da spürte ich von hinten einen heftigen Rempler, der mich zu Fall brachte und mir eine stark schmerzende Wunde am Knie bescherte.

Und der „Schubser" war – ja richtig – Georg.

Er kam aus dem „Sich-entschuldigen"-Modus erst mal gar nicht mehr raus, half mir ganz vorsichtig auf und bot sich auch an, mich ins Krankenhaus zu fahren.

Was sich letztendlich als nicht notwendig erwies.

Mich stützend und auf eine sehr angenehm unaufdringliche Weise umsorgend, gingen wir zurück in meine Wohnung. Er verarztete mich dort erstklassig und erwies sich auch sonst als zurückhaltendes, zuvorkommendes, sanftes, witziges, interessantes, männliches Wesen.

Denn wir redeten und redeten und redeten und redeten und jeder wurde für den anderen immer interessanter.

Häufige Treffen, Liebe, Sehnsucht, ….

Georg war in einem mittelgroßen Betrieb nahe der Stadtgrenze, der sich mit Objektsicherung und allem, was damit zusammenhängt, beschäftigt.

Wir zogen zusammen – in meine Wohnung.

Ulla kam zur Welt. Wir zogen an die Stadtgrenze in die Nähe seiner Arbeitsstelle in ein neu gebautes Siedlungshaus mit Garten.

Er verdiente mittlerweile gut im Außendienst „seiner" Sicherheitsfirma. Ich hatte meinen Versicherungsjob aufgegeben und gegen Kind, Haus und Garten getauscht.

Nach einer ungeplanten, mittellangen Pause kam Lena…."

Jutta wird aus ihrer Langzeiterinnerung gerissen. Sie ist noch immer wach, sehr wach. Zu wach, um den Schlaf zu bekommen, den sie ganz dringend braucht.

Sie steht auf, geht zum Badezimmer, öffnet das Apothekenkästchen und holt sich Abhilfe in Tablettenform.

Die Wirkung setzt nach ein paar Minuten ein.

3.

*„...ich hätt' nicht viel zu tun,..."** *

Jutta zwinkert, lässt jedoch ihre Augen noch geschlossen.
Der Wecker wird seinen Zweck schon erfüllen.
„Feucht, warum ist es so feucht unter mir?
Bauchschmerzen...und diese Kopfschmerzen..
Mir zerspringt gleich der Schädel.
Ich bin reif für 'nen langfristigen Aufenthalt im Bett."

Kein weicher Bettpolster, keine Falten in den Laken und kein...
Irgendetwas stimmt hier wieder nicht.
Sie schlägt die Augen auf und blickt direkt in ein totes Paar Augen.
Alles ist sofort wieder präsent.
Übelkeit kommt wieder hoch.
Um einen Schrei zu unterdrücken, hält sie sich entsetzt eine Hand vor den Mund.
Langsam dreht Jutta sich um.
Der zweite Kopf liegt auch noch an der gleichen Stelle.
Sie übergibt sich wieder.
Sie fühlt sich wie ein ausgetrockneter Schwamm.
Und da war doch dieses...Wesen.

Dieses......Huhn.

Wahrscheinlich war es nur eine optische Täuschung, ein stressbedingter Aussetzer.

Hoffentlich…

„Wie lange bin ich eigentlich ohnmächtig gewesen?"

Automatisch blickt Jutta auf ihr linkes Handgelenk. Aber anstelle ihrer neonfarbenen Swatch „Edition Summer" befindet sich dort ein eng anliegender Metallreifen, der mit ihr unbekannten Zeichen markiert ist.

Zeit ist auch nicht mehr wichtig.

Soweit es ihre Kräfte zulassen, setzt sie sich auf.

Sie blickt sich um.

Jede Bewegung eine Anstrengung.

Die kopflos baumelnden Leichen sind nicht mehr zu sehen.

Das geronnene Blut am Boden und die beiden Frauenköpfe zeugen noch von den bestialischen Geschehnissen.

Verzweiflung und Hoffnungslosigkeit und diese absolute Ahnungslosigkeit lassen wieder Tränen über ihre Wangen fließen.

„Denk nach, denk nach, denk, verdammt noch mal, nach", schluchzt sie in sich hinein.

Ihr kommen alle diese grauenvollen Bilder wieder in Erinnerung.

Die nackten, haarlosen Frauen, das Netz, das Geschrei, das Blut, die hängenden geköpften Leichen...

Aber ich bin doch aufgewacht!!!!
Da war doch mein gutes, altes, herrlich normales, wirkliches Leben.
Die schwierige Ulla.
Die kleine Lena.
Meine Töchter!
Mein Mann. Georg.
OK, er war mal wieder nicht nach Hause gekommen, aber trotzdem ist er noch immer mein Mann
Unser Haus?
Unser Schlafzimmer?
Unser Bett?"
Unser...Leben?
Sie schaut auf den Ringfinger ihrer rechten Hand.
Kein Ehering.
Auch keine Spuren davon.
Lange hockt Jutta zusammengekauert wie ein Häufchen Elend an Ort und Stelle.
Sie denkt nach und versucht unbewusst in ihrer Konzentration den gravierten Metallring am linken Handgelenk zu drehen, was ihr nur leidlich gelingt.
Die mystischen Zeichen darauf sind Jutta völlig unbekannt.

Nicht einmal im Ansatz kann sie die Gravur irgendeiner Schrift oder einem ähnlichen Firmenlogo zuordnen.

Sie darf ihre Mädchen nicht im Stich lassen.
Auf keinen Fall!!
Sie sind das Einzige für das es sich lohnt, Antworten zu finden.
Antworten auf diese unendlich vielen Fragen in diesem real gewordenen Albtraum.

Wo bin ich hier?
Was mache ich hier?
Wie bin ich hierhergekommen?
Oder viel wichtiger, wie komme ich wieder weg?
Wer hat diese Frauen umgebracht?
Und warum?
Und wohin ist mein verdammtes, herrlich langweiliges, normal dahinfließendes Leben verschwunden?

„Also, Jutta, reiß' dich um deiner Töchter Willen zusammen und geh' diesen Fragen auf den Grund!" hört sie sich selbst aus dem Mund pressen.
Ihr ist immer noch schlecht.
Sie braucht unbedingt Flüssigkeit und steht trotz aller körperlichen Widerstände auf.
Es ist Nacht geworden.

Juttas Blick schweift umher, kann jedoch in der Dunkelheit wenig erkennen.

Wenn sie jetzt den Weg zurückgeht, den sie bei ihrer Verfolgung hergelaufen war, dann findet sie sicherlich diesen Spalt wieder.

Und vielleicht auch diese Frau, die ihr geholfen hat.

Alles andere muss im Moment warten.

Die riesige Scheune türmt sich schwarz im Mondlicht auf.

Jutta geht zielstrebig und unbeirrbar an der Wand entlang.

Eine Ecke, die nächste Ecke.

Die Öffnung müsste leicht zu finden sein.

Jutta bleib abrupt stehen und geht nochmals ein, zwei Schritte zurück.

Eine Glasscherbe. Im Mondlicht spiegelt sich ihr Antlitz.

Sie hat bis jetzt nicht darauf geachtet, doch auch sie hat keine Haare mehr. Weder auf dem Kopf, noch unter den Achseln und auch ihre Scham ist unbehaart.

Sie kann auch die Stirnbeule zum ersten Mal sehen. Ganz behutsam befühlt sie den kleinen Höcker. Der Schmerz ist kleiner oder sie hat ihn verdrängt

Ihre Brüste dezent, aber weiblich und ihr ganzer Körper sieht durchtrainiert und sehnig aus.

Jutta betrachtet ihr Spiegelbild.

Sie war niemals dick, auch nicht mollig, hatte niemals auch nur die Anlage übergewichtig zu werden.

Aber dieses Spiegelbild zeigt ihr ein sehr mageres, absolut fettfreies Abbild ihres Körpers.

Ein Stück weiter schlüpft Jutta in das Gebäude, das ihr als Versteck gedient hat. Jetzt ist es noch dunkler und ihre Augen brauchen noch länger, um sich an die Finsternis zu gewöhnen.

Fast stolpert Jutta über einen am Boden liegenden Körper.

Also doch!

Die Frau ist noch hier.

„Hey, du, aufwachen!" schreit Jutta lauter, als sie es vorhatte und rüttelt an der Schulter der Fremden.

Diese öffnet die Augen und sieht Jutta an.

Uninteressiert und abwesend ist ihr Blick.

„Schlfnn..." kommt es teilnahmslos verschlafen aus ihrem Mund.

Bevor sie sich jedoch wieder wegdrehen kann, hält Jutta sie fest.

„Bitte, wo bin ich?

Was tun wir hier?

Wer bin ich oder besser was bin ich?

Sprechen Sie eine andere Sprache?

Bitte, bitte!

Antworten Sie mir, bitte!", schluchzt sie.

„Schlfn …schlfenn.", fordert die Fremde in ihrem Dämmerzustand Jutta erneut auf.

Ihr Erregungszustand hat die Frau nicht berührt oder sie ist nicht fähig, ihn zu erkennen und danach zu handeln.

Jutta sieht sich um und kann trotz der Dunkelheit dicht nebeneinander liegende und auch einzeln verstreute tief schlafende Bündel - Artgenossinnen - auf dem Stroh wahrnehmen.

Die Frau, die ihr geholfen hatte, ist bereits wieder eingeschlafen.

Ihr Bitten war umsonst.

Sie kann von diesen Wesen höchstwahrscheinlich keine Solidarität, keine Hilfe – in welcher Form auch immer - erwarten.

Wenn sie etwas unternehmen will, so ist sie auf sich alleine gestellt.

Aber sie muss zuerst wissen, WAS das Ganze hier ist.

„…was das Ganze hier ist,
was das Ganze hier ist,
was das Ganze hier ist,
was das Ganze hier ist!"

Der Satz wiederholt sich mantrahaft in ihrem Kopf.

Auf einem dieser Riesenstrohballen kauernd,

gewinnt ihre Müdigkeit die Oberhand und Jutta schläft ein.

4.

*„...ich legte vormittags ein Ei..."** *

Drei laute „Uuaaaaaaaaaaah!!!"-Rufe lassen Jutta aufschrecken.

Ihre neue „Freundin" liegt noch immer ungerührt und ungestört schlafend vor ihr. Ein Blick in die Runde zeigt ihr, dass auch die anderen Frauen entweder noch ruhig schlummern oder sich bereits gemütlich strecken.

Ausnahmslos alle anwesenden Frauen haben diesen Metallring am linken Handgelenk.

Wieder dieser Schrei – laut, männlich und ....

Jutta schüttelt den Kopf, um diese komischen Gedanken beiseite zu schieben.

Sie bemerkt, dass sich ihre – ja, wie sollte Jutta diese Frauen nennen – „Leidensgenossinnen" um zwei große, neben einander platzierte, hölzerne Tröge versammeln.

Auch ihre Freundin ist aufgestanden und sitzt nun mit gespreizten Beinen vor dem Trog.

Diese Frauen haben jegliches Schamgefühl, so wie viele andere zivile Benimmregeln, des gesellschaftlichen Zusammenlebens verloren.

Vielleicht auch nie besessen.

Die Notdurft – egal ob klein oder groß – wird ebenfalls, so hat es Jutta schon beobachtet, schamlos und ohne irgendeine Vorankündigung verrichtet. Ihre Füße haben schon mit diesen Hinterlassenschaften Bekanntschaft machen müssen.

Alle schaufeln mit den Händen irgendetwas Unbestimmbares, aber anscheinend mehr oder weniger Genießbares in sich hinein.

Keine der Frauen kümmert sich um Jutta.

Sie hat nun Zeit, alle etwas genauer zu betrachten:

Eine Alterseinschätzung scheint Jutta schwierig bis unmöglich.

Das Gewichts- und Größenspektrum ist breit gefächert.

Von klein bis groß, von sehr dünn bis weniger schlank – alles vorhanden.

Doch soweit Jutta diese Frauenschar überblickt, ist keine Einzige als mollig, geschweige denn als dick zu bezeichnen.

Wahrscheinlich liegt das an den sehr fett-feindlichen Fütterungs- und Bewegungsumständen dieser menschlichen Kreaturen.

„Fünfundzwanzig…ja, was eigentlich? Fünfund-zwanzig fettreduzierte, weibliche Wesen in sämtlichen Größen und Körperformen, die sich – und das ist vielleicht das Allerschlimmste – intellektuell in einer animalischen Liga befinden.

Eine Fluchtplanung mit diesen Artgenossinnen scheint beim jetzigen Stand der Dinge sehr unwahrscheinlich", denkt Jutta.

Sie steht auf.

Der Hunger und der Durst lassen sie näher an die Tröge treten.

„Apfelstücke, Salatblätter und verschiedenste Körner gemischt mit ... Matsch!? Müsli.
Besser als nichts."

Jutta versucht sich an einer Jüngeren, die bereits einen Sitzplatz ergattert hat, vorbei zu drängeln.

Da springt diese auf, stößt Jutta wieder zurück und schreit:

„Wgg! Wgg!...
Frou wgg!"

Die Frau setzt sich wieder hin und isst weiter, als ob nichts geschehen wäre.

„Sie können sich primitiv artikulieren, wenn es sein muss. Aber sie reden nicht miteinander. Und es gibt scheinbar eine Rangordnung", fällt Jutta auf.

Einige Frauen sind mittlerweile wieder aufgestanden und so nimmt Jutta an einer frei gewordenen Futterstelle Platz, von der sie glücklicherweise Zugriff auf Festes als auch Flüssiges hat.

Sie stillt ihren Riesendurst zuallererst direkt aus dem Wassertrog.

Lebensenergie kehrt zurück.

Aber es kostet sie Überwindung von der festen Nahrung zu kosten.

Doch der Hunger lässt den Ekel in den Hintergrund rücken.

Jutta löffelt mit den Händen in sich hinein, bis sie satt ist.

Sie steht auf, entfernt sich wieder vom Rest der Frauen, geht langsam an der Mauer der riesigen Scheunenhalle entlang.

„Heustadel klingt ein bisschen zu klein für diesen Megaschuppen" denkt Jutta.

Sie kann die Größe dieses Gebäudes gar nicht abschätzen.

Links ein paar Gemüsebeete, so wie sie auch in Juttas Garten angelegt sind, rechts einige Stachelbeersträucher.

Das Erstaunliche und Faszinierende ist wiederum das Größenverhältnis der verschiedenen Obst- und Gemüsesorten zu ihrer Körpergröße.

Die Zwiebelknollen sind noch in der Erde, aber nach den röhrenförmigen, grünen Zwiebelblättern zu urteilen, die übererdig wachsen und Jutta um einiges überragen, ist die Knolle unter der Erde mindestens so groß wie ihr Kopf.

Mit einem Salatblatt vom Beet daneben kann sie sich fast zudecken.

Und sie ist nicht in der Lage, die Krautköpfe mit ihren Armen zu umfassen.

Sie lässt die Gemüsebeete hinter sich.

Auch die Obstbäume, die hier überall herumstehen – egal ob Apfel, Birne, Kirsche oder Pfirsich –

erinnern Jutta in den Ausmaßen an eine genmanipulierte Gigantenzucht.

So war und ist ihre Erinnerung aus ihrem alten, richtigen, wirklichen Leben.

Plötzlich hört sie ein Geräusch – ein Rattern, ähnlich dem eines Modellhubschraubers.

Sie dreht sich um, kann sich gerade noch ins Gras werfen und so eine Kollision mit einem Riesenfluginsekt verhindern.

Auf den ersten Blick ähnelt dieses unbekannte Flugobjekt einer Hornisse in Spatzengröße.

„Gott sei Dank, knapp vorbei ist auch daneben!"

Sie rappelt sich auf und setzt ihre Erkundungstour fort.

Ihr fällt auf, dass es anscheinend keine Abgrenzung des Grundstückes gibt.

Kein Lattenzaun, keine Mauer, kein auf den ersten Blick ersichtliches Hindernis, das eine Flucht beeinträchtigen oder gar unmöglich machen könnte.

„Außer der technische Fortschritt in dieser „Realität" hat den Geschöpfen, die hier am Ruder sind – wer immer sie sind und wie sie auch aussehen – neue Dimensionen der Objektsicherung beschert..."

Georg arbeitet schließlich in dieser Branche, da ist man auch als Ehefrau immer am neuesten Stand.

„Rational betrachtet lohnt es den Aufwand nicht", spricht sie ihre Gedanken leise aus.

Es würde Juttas Fluchtpläne auf jeden Fall verkomplizieren und die Flucht könnte schon beim Verlassen dieses Areals zu Ende sein.

Ein Ende, das vielleicht einen weiteren Fluchtversuch nicht mehr zulässt.

„Jutta, hör auf, dich in diesen pessimistischen Gedankenlabyrinthen zu verlieren", hört sie sich selber zwischen ihren Lippen herauspressen.

Geistig völlig abwesend stolpert sie über einen heruntergefallenen Apfel, der locker als Basketball durchgehen könnte.

„Man bräuchte nur ein Viertel dieses Megaapfels, um ein Backblech Apfelstrudel zu produzieren", geht es Jutta völlig pragmatisch durch den Kopf.

Aber für den berühmten „Apfelerstbiss" sind Ausführungen dieser Größe völlig ungeeignet. Anbeißen unmöglich. Um diesen XXL-Apfel in mundgerechte Stücke zu zerkleinern, ist ein Schneidewerkzeug unumgänglich.

Sie liegt rücklings auf dem Gras und schaut in den strahlenden Sommerhimmel. Kein einziges Wölkchen trübt das Hellblau und die Sonne blitzt durch das Geäst des Apfelbaumes. In Jutta kommt zum ersten Mal seit langem so etwas Ähnliches wie Entspannung auf.

„Urlaub auf dem Bauernhof. Ja, wie ein Werbefilm für Urlaub auf dem Bauernhof", geht es ihr durch den Kopf, „grüne, saftige ungespritzte

Weidewiesen, auf denen gesunde, glückliche Kühe grasen.

Herrliches Sommerwetter mit strahlendem Sonnenschein. Auf Bäumen und Sträuchern hängen unbehandelte, überreife, wunderschön anzusehende Früchte, das freilaufende Geflügel ist unberührt von medizinischen Mitteln der Nutztierindustrie und der muskelbepackte, weißbezahnte Landwirt mäht sein Gras noch mit der Sense...Aber Werbung und Wahrheit gehen selten einen gemeinsamen Weg."

Jutta nimmt von hinten ein langsam lauter werdendes Motorengeräusch wahr. Sie richtet ihren Oberkörper auf, schaut in Richtung des Motorlärms und sieht in einiger Entfernung ein traktorähnliches Fahrzeug. Doch es ist noch zu weit weg, um Einzelheiten zu erkennen.

Sie steht auf und sucht geduckt hinter dem Apfelbaumstamm Deckung.

Gespannt späht sie aus ihrem Versteck auf das näher kommende Gefährt.

Und als sie den Fahrer erkennt ist das wie ein Déjà-vu-Erlebnis, das sie dennoch nicht wahrhaben will.

Sie starrt wie in Trance auf die Steuerkabine des Riesentraktors und hofft insgeheim auf eine Fata Morgana, auf eine optische Täuschung, auf eine visuelle Halluzination.

Jutta macht die Augen zu und presst sie ganz fest zusammen, gleichzeitig kneift sie sich in den Oberschenkel.

„Eins, zwei, drei – bitte, bitte, lieber Gott, mach, dass ich in meinem Bett, in meinem Haus, bei meinen zwei Mädchen aufwache und alles ist so wie immer, alles ist so herrlich normal wie immer, bitte, bitte, bitte!!!!!- vier, fünf, sechs, sieben, acht, neun….."

Jutta wagt nicht, die Augen aufzumachen. Sie schmerzen mittlerweile.

Sie hört auf, die Augenlider fest zusammen zu pressen, aber sie macht die Augen nicht auf.

„… zehn, elf, zwölf, dreizehn, vierzehn, fünfzehn, sechzehn,- warum, warum, warum gerade - verdammt nochmal - ich, warum ich!!!!??....."

Sie hat die Augen noch immer zu, aber sie hat aufgehört sich zu kneifen.

Die Schmerzen am Oberschenkel lassen langsam nach.

Sie spürt keine Matratze unter sich und sie riecht auch keine gewohnte Umgebung.

Der Traktorlärm wird lauter.

Sie ist nicht zuhause. Sie will die Augen nicht aufmachen, der Traktorlärm wird noch lauter…

„…siebzehn, achtzehn, neunzehn, zwanzig..."

Der Motor des Traktors ist ohrenbetäubend.

Ihr Herz rast.

Jutta reißt die Augen auf und ihr Blick fällt direkt auf den Lenker dieses Monstergeräts.

Sie hat ihn unmittelbar vor sich – in schier unglaublicher Größe:

Den geflügelten Bauern mit Federn und Schnabel...

Gulliver,..

....das Riesenhuhn!

5.

*„…und abends wär' ich frei."**

Diese Erkenntnis muss Jutta erst verdauen. Zitternd lehnt sie sich rücklings an den Apfelbaum und rutscht kraftlos am Stamm runter. Ihre Kniegelenke versagen den Dienst. Dass sie sich dabei den Rücken aufschürft, ist ihr vollkommen egal. Sie spürt keinen Schmerz und registriert nur nebenbei, dass sich vor Schreck ihre Blase entleert hat. Sie hockt in ihrer eigenen Pisse.„Was zum Teufel ist hier verdammt, verdammt, verdammt, verdammt noch mal los? Was ist hier eigentlich los?", immer wieder schreit Jutta ihre Fragen in diese Landidylle, bis sie sich eingestehen muss, dass keine Stimme aus dem herrlich blauen Himmel ihr eine Antwort geben wird. Der Schein trügt – wie so oft. Es gibt keine Idylle.

„Ein aus dem Ruder gelaufenes Genexperiment?
Versteckte Kamera?
Statt „Big Brother" jetzt „Big Chicken"?"
Jutta versucht ihre Fassung wieder zu finden.
„Eine Riesenscheune, ein Identifikationszuchtring am Gelenk, viele fettfreie, magere Artgenossen...Menschenfleisch und ein Hühnerbauer als Traktor fahrender Züchter."

Ein nachvollziehbarer Rollentausch mit einigen Antworten auf Juttas Meer von Fragen.

„Das würde auch die Tötung bzw. Schlachtung der zwei Leidensgenossinnen erklären. Hier werden Menschen gezüchtet, gehalten und gegessen. Nur das Eierlegen wird ausgelassen – naturgegeben", stellt Jutta zynisch fest.

„Der Nebel lichtet sich langsam. Ich bin hier quasi ein Nutzwesen, das – glattrasiert und fettreduziert – eigentlich nur darauf wartet, gefressen zu werden. Für den Eigenbedarf, wenn man die Größe dieses Anwesens betrachtet."

Sie bekommt unwillkürlich Gänsehaut, wobei dieser Begriff in diesem Zusammenhang ein gewisses Maß an Ironie inkludiert. Das hier ist keine Fleischfabrik, so wie Jutta sie aus unzähligen Berichten und Aufnahmen von Tierschutzorganisationen kennt, sondern sozusagen ein landwirtschaftlicher Familienbetrieb.

Menschenschlachtung für den Eigenbedarf, um auf dem Speisetisch des „geflügelten" Bauern zu landen.

Traum oder Albtraum...

Wirklichkeit oder Unwirklichkeit...

„Scheißegal, ich will nicht geschlachtet werden und ich will auf keinen Fall gegessen werden", entfährt es Jutta als eine Mischung aus Resignation und Rebellion. „Wenn ich hier abhaue, bedeutet das noch lange nicht, dass es überhaupt

Menschenwesen gibt, die zu einer anständigen, zwischenmenschlichen Kommunikation fähig sind..., geschweige denn, sie zu finden. Vielleicht gibt es nur solche, wie ich sie jetzt auf diesem Hof kennengelernt habe:
Instinkt-Wesen mit Fress- und Fortpflanzungstrieb und einer sehr primitiven Art der Mitteilung. Menschen als Hühner eben."
Sie hockt noch immer - am Stamm des Apfelbaumes angelehnt – im Nass ihres Urins und beobachtet geistesabwesend eine schwarze Ameise, wie sie über ihren Fuß krabbelt, genauso lang wie ihr großer Zeh. Ziemlich frech und forsch setzt das schwarze Insekt seinen Weg auf Juttas Bein in Richtung Knie fort, wo die Ameise Juttas offene Handfläche erwartet.

„Ene, mene, muh und fort bist Du!"
Jutta setzt das in ihre Falle getappte Krabbeltier auf den Halmen der Wiese neben sich ab.
„Ja, kleine Ameise, hau ab, solange du kannst. Sei frei und lass dich niemals unterkriegen..."
Jutta versucht ihr jüngeres Eindrucks- und Erlebnis-Chaos zu reflektieren, zu ordnen. Emotional den Ist-Zustand erst wieder einzuholen, der sie überholt zu haben scheint. Sie steht neben sich, jenseits aller seelischen Balance.
„Ich befinde mich auf einer kleinbäuerlichen Landwirtschaft, die von Geflügel in Menschengröße bewirtschaftet wird und die sich

Menschen in Hühnergröße zum Eigenverbrauch halten. Eigenverbrauch heißt in diesem Fall, sie haben sie zum Fressen gern - im wahrsten Sinn des Wortes.

Wenn ich als Nutzmensch hier mein Dasein friste - ohne Fluchtversuch - dann werde ich früher oder später auf jeden Fall auf dem Teller des geflügelten Landwirts landen.

Ist dann erst dieser Albtraum zu Ende?!

Die Fakten pragmatisch zur Kenntnis genommen, Jutta, lässt sich daraus für deine Zukunft - vorausgesetzt Du willst eine haben – nur eine logische Schlussfolgerung ziehen:

Flieh oder stirb!"

Gedanklich noch immer aufgewühlt, wischt sie sich eine weitere auf ihrem Fuß krabbelnde Ameise ab und steht auf.

Ihr Urin, der sich auf ihren Ober- und Unterschenkeln verteilt hat, stört sie nicht.

An den Riesenobstbäumen vorbei geht sie in Richtung Scheune zurück.

Fast in Trance, ihre neuen Erkenntnisse noch immer verarbeitend, hört sie gar nicht, wie sich von hinten das Traktor-Vehikel des Geflügelbauern nähert.

Der Hahn am Steuer des Gefährts vertraut gewohnheitsmäßig darauf, dass „seine" Menschen von sich aus das fahrerische Einzugsgebiet dieses landwirtschaftlichen Motorfahrzeuges verlassen und drosselt in keiner Weise die Geschwindigkeit.

In letzter Sekunde nimmt Jutta doch den immensen Lärm des Traktor-Motors wahr. Fast in Akrobatenmanier und glücklicherweise in lebensrettender Reaktionsschnelligkeit hechtet sie zur Seite - in die relative Sicherheit der ungemähten Wiese.

Fast hätte sich ein Fluchtversuch sowieso erübrigt.

Sie sieht gerade noch, wie der geflügelte Bauer in die Scheune einfährt.

Das Motorengeräusch verstummt und kurze Zeit später sieht sie „Gulliver" zum ersten Mal leibhaftig und in voller Größe vor sich.

In einiger Entfernung hantiert dieses Hahn-Wesen mit dem Schiebetor der Scheune.

Es trägt eine Art Gummistiefel mit fremdartiger „Fußform", sowie eine Arbeitslatzhose, ähnlich einer Arbeitshose aus der wirklichen Welt.

Die Flügel dürften zu einer Art Greifarm beziehungsweise Hand evolutioniert sein.

Der Hahn-Bauer schiebt mit seinen kräftigen Greifflügelarmen das Scheunentor seitwärts zu und watschelt – sein Gang hat zweifelsfrei etwas Watschelndes – in Richtung Wohntrakt.

Jedes Erwähnen des gerade Erlebten in ihrer richtigen Welt – in der Menschenwelt, wo Hühner noch Hühner und Menschen noch Menschen waren und ganz bestimmt immer noch sind - würde ihr unweigerlich einen mehr oder weniger langen Aufenthalt in einer entsprechenden Anstalt bescheren.

Jutta entdeckt eine kleine Öffnung am unteren Rand des Schiebetors und beschließt spontan das Innere dieser Traktor-Garage zu erkunden.

Die sommerliche Nachmittagssonne macht zumindest das Nacktsein erträglich, ja vielleicht sogar angenehm.

„Wenn nicht Sommer wäre, würde ich hier elendig erfrieren", geht es ihr durch den Kopf.

Sie hat mittlerweile jegliche Scham abgelegt.

Ihre Nacktheit macht ihr nichts mehr aus.

„Außerdem kann ich mich nicht auch noch um solche Lächerlichkeiten wie Schamgefühl kümmern, wenn ich wesentlich fundamentalere Fragen aufzuklären habe", stellt sie gedanklich fest.

In ihrer richtigen Welt waren sie und Georg im Spanien-Urlaub einmal Nacktbaden gegangen.

Am Abend, als die Kinder schon schliefen.

Grundsätzlich waren sie beide keine besonderen FKK-Anhänger, aber auch nicht verklemmt oder schamhaft.

Sie waren sich ihrer Körper positiv bewusst und fanden einander auch nach so langer Beziehung anziehend, attraktiv.

Im Gegensatz zu Ulla – ihrer Großen, die ständig an sich herumnörgelt und mit nichts an ihrem wunderschönen Körper zufrieden ist.

Jeder kleinste Pickel wird zum Mega-Makel und ihre wunderbar ausgeformte Weiblichkeit ist permanenter Anlass zu einer selbstauferlegten Unzufriedenheit.

Dabei hatte sich Jutta wirklich Mühe gegeben und versucht, diese „DICK/DÜNN"- und „HÄSS-LICH/SCHÖN"-Thematik innerfamiliär eher herunterzuspielen.

Darin zu belassen, wo sie hingehörten:

In der Unwichtigkeitslade.

Sie ist inzwischen durch das Loch im Scheunentor in die Halle gelangt, auf der anderen Seite des Heulagers.

Ihr Mund steht offen – diese perspektivischen Offenbarungen versetzen sie, jetzt, wo dieses Technikmonster direkt vor ihr steht, in maßloses Staunen.

Jutta sieht an einem Traktorreifen hoch, der grob geschätzt sieben Mal größer ist als sie selbst.

Und am Reifen angeschraubt der Rest dieses landwirtschaftlichen Ungetüms.

Man hört noch das Knistern und Knacken des sich langsam abkühlenden Motors.

Das dürfte hier der Maschinenpark dieses Anwesens sein.

Sie geht auf einen Motorrasenmäher zu, wie er eigentlich in vielen Gartenhaushalten üblich ist, nur die Räder dieses Stücks reichen Jutta fast bis zu den Brüsten. Außerdem jede Menge überdimensionales Equipment für den Traktor.

Ein Riesenheuwender, ein Riesenackerpflug, eine Riesenegge, ebenso wie Mischmaschine, Sense, Heugabel, Schaufel, Spaten, Hammer – alles in „unfassbargroß".

Plötzlich ist da wieder dieser Schrei, dieses „Uuuuuuuuuuuuuaaaaaah!!!!"

6.

*„Mich lockte auf der Welt ..."**

Sie verlässt die Maschinenhalle und horcht in die Richtung, aus der der Schrei kam.

Ängstlich, aber doch von einer großen Portion Neugier angetrieben, späht Jutta um die Ecke zur anderen Seite des riesigen Lagergebäudes, um sich gleich darauf vorsichtig und leise einer kleinen Gruppe Frauen zu nähern. Jetzt sieht sie zum ersten Mal ein männliches Wesen ihrer Art. Erst als sie fast am Ort des Geschehens ist, nimmt sie wahr, dass dieser Mann im Korb gerade dabei ist, ihre gestrige "Retterin" von hinten zu begatten.

Zwei geschlechtsverkehrende kleine Menschen auf einem Riesenbauernhof.

„Dieses groteske Sex-Theater ist hoffentlich auch nur ein Teil meines jetzt schon viel zu langen Albtraums", kommt es Jutta automatisch in den Kopf.

Der Akt passiert öffentlich ohne jede Scham und Intimität.

Jutta beobachtet angeekelt und gleichzeitig auch fasziniert, wie dieser Mann völlig in seinem Trieb aufgeht und bar jeder Zärtlichkeit und Sanftheit seine Geilheit völlig rücksichtslos und brachial animalisch an dem weiblichen Wesen auslebt, um nicht zu sagen abreagiert.

Die eigene Triebbefriedigung als oberstes Prinzip des Aktes.

Man sieht an seinem Gesicht, dass er gerade kommt und erst jetzt, als er sein Geschlechtsteil aus der „beglückten" Frau herauszieht, nimmt sie das ganze Ausmaß seines Genitals wahr.

In Relation zu seiner Körpergröße, hat dieser menschliche Schwanzgesteuerte einen Penis, der in seiner Größe ins unnatürlich Groteske geht.

Und…

aus rein sexueller Sicht eine Potenz, die ihresgleichen sucht.

Denn seine Triebgier ist noch nicht befriedigt, was er anscheinend akustisch durch diesen – ein wenig an den Dschungelmann „Tarzan" erinnernden – Brunftschrei kundtut.

Zu spät erkennt Jutta, dass Herr Penis direkt auf sie zusteuert.

Sie will noch zur Flucht ansetzen, aber er hat sie schon am Oberarm gepackt und wirft sie grob zu Boden.

Sie spürt seine unglaubliche Kraft durch den Griff am Oberarm und kapiert sofort, dass er ihr körperlich völlig überlegen ist.

Jutta unterlässt jedwede Abwehrreaktion, auch wenn anfangs der Gedanke daran kurz aufgeflammt, aber ob der physischen

Machtverhältnisse genauso schnell wieder verschwunden ist.

Er wirft sich auf sie, drückt ihr die Beine auseinander und dringt mit all seiner schon bekannten Brutalität in sie ein.

„Aaaahhh!!", entfährt es ihr.

Tränen schießen ihr in die Augen.

Das stoische, animalische Keuchen bekundet ihr seine Gleichgültigkeit.

Sein Sabber tropft auf ihre Brüste.

Sie lässt es über sich ergehen, weil sie keine Wahl hat.

Ihr ganzer Körper wird vom Takt seines Schwanzes gestoßen.

Rein, raus, rein, raus, rein, raus……

Jeder Stoß eine Ewigkeit.

Tränen fließen wieder über ihre Wangen.

Er ejakuliert in sie und steht auf.

Im Weggehen ist er schon auf die nächste Frau fixiert.

Jutta nimmt noch wahr, dass sein Glied schon wieder oder noch immer erigiert ist.

Sie liegt da – benutzt und liegengelassen.

„Wegwerf-vögeln" könnte man das auch nennen.

„Georg, bitte hilf mir……

Sei einfach da…..

Beschütz' mich vor diesen Menschenfressern!

Beschütz' mich vor diesen Vergewaltigern!

Beschütz' mich vor dieser Welt, die nicht meine ist......!

Ich bin nur mehr ein Loch, in das Mann spritzt, wenn Mann Lust hat", stellt sie resigniert fest.

Ihre Tränen sind getrocknet.

Jutta steht auf, den Schmerz zwischen ihren Beinen versucht sie zu ignorieren.

Sie muss hier weg, koste es, was es wolle!!

Es ist mittlerweile später Nachmittag geworden.

Dieser Müsli-Obst-Gemüse-Matsch sättigt unglaublich. Jutta verspürt noch immer keinen Hunger.

Sie geht in die Riesenscheune, versucht Angst und Verzweiflung zu verdrängen, zumindest nicht übermächtig werden zu lassen und beginnt ihre Fluchtgedanken zu rationalisieren und zu konkretisieren:

„Alles ist besser als dieser Ort, also wirst Du einen Weg finden, hier wegzukommen.

Du warst schon immer sehr zielstrebig, lass Dir was einfallen!!

Mach was!!!

Egal was, nur irgendwas.

Egal wohin, nur weg.

Erkunde die unmittelbare Umgebung, bringe in Erfahrung, ob es eventuelle Abgrenzungen, Hürden, Absperrungen etc. gibt und überwinde sie.

Über das Dahinter mach Dir noch kein Kopfzerbrechen...

Alles zu seiner Zeit.

Apropos Zeit:

Es muss so bald wie möglich passieren.

Fluchtzeit: irgendwann nachts

Fluchttag: Morgen, spätestens übermorgen.

Ulla, Lena, bis bald….

Georg…."

Gedanklich bei ihrer Familie, in ihrer sogenannten „richtigen" Welt, werden ihre Augenlider immer schwerer und Jutta schläft ein.

7.

„Nananana nein, schrei, bis du du selbst bist, schrei, und wenn es das Letzte ist..." **

„Es ist wahrlich nicht das Letzte, denn wir stehen erst am Anfang dieses wunderschönen Samstags, jetzt, um 7 Uhr 32 und 30 Sekunden.

Guten Morgen, liebe Aschberger, hier ist Ihre Aktuelle Welle 1. Am Mikrofon – wie immer um diese Zeit – Ihr Rolf Zackenberg. Das Erste, und nicht das Letzte, was Sie jetzt tun könnten, ist einen guten und starken Kaffee zu tr..."

Jutta greift mit einer Hand zum Radio-Wecker und stellt ihn ab.

„Sag mir nicht, was ich tun soll, Mister Faselheimer", murmelt sie halb in ihren Polster.

Sie hat Kopfschmerzen, kein Wunder bei diesen hyperrealistischen Alpträumen.

Sie fühlt sich, als hätte sie diesen Alptraum tatsächlich durchlebt.

Jutta realisiert gerade, dass Wochenende ist.

Sie könnte eigentlich liegen bleiben, wenn sie nicht die gesamte Bettwäsche letzte Nacht durchgeschwitzt hätte.

Keine Spur von Georg.

Einerseits wäre gerade jetzt eine Aufarbeitung ihrer extremen Albträume dringendst notwendig. „In guten wie auch in schlechten Zeiten" hat auch er einmal versprochen.

Andererseits: Der Ehepartner als Therapeut - diese Konstellation funktioniert in den seltensten Fällen.

Halb acht.

Sie rafft sich auf, streift einen leichten Morgenmantel über, zieht ihre feuchte Bettwäsche ab und nimmt auch gleich das alte Nachthemd mit zur Waschmaschine.

Als sie die Schlafzimmertür öffnet, nimmt sie sofort das laute Schnarchen aus dem Wohnzimmer wahr.

„Gott sei Dank ist ihm nichts passiert", ist trotz allem ihr erster Gedanke.

Sie geht ins Badezimmer und stopft ihre Wäsche in die Waschmaschine.

Einschalten kann sie auch später noch, sie will niemanden wecken

Sie lugt in Ullas Zimmer.

Der Laptop läuft, das Logo irgendeines sozialen Netzwerkes ist auf dem Bildschirm zu sehen.

Ihre ältere Tochter schläft, kuschelt in der Löffelstellung mit ihrer Schlafdecke.

Sie ist wunderschön mit ihren langen, roten Haaren und selbst im Schlaf strahlt sie dieses Selbstbewusste, dieses Wehrhafte gegen alles Unrecht dieser Welt aus.

Auf ihrer rechten Schulter das unverwechselbare Muttermal. Sie hatten gemeinsam alle möglichen und unmöglichen Formen oder Zeichen hineininterpretiert, aber für Jutta war und ist es der verewigte Kussmund von Ullas Schutzengel, was natürlich ab einem gewissen Alter jedweder Coolness entgegenwirkt.

Jutta schließt leise die Tür zum Ulla-Territorium.

Noch ein Blick in Lenas Zimmer.

„Guten Morgen, liebe Mama" strahlt es Jutta entgegen.

Der kleine Engel ist schon wach.

Sie geht in Lenas Zimmer und gibt ihr zärtlich einen Kuss auf die Wange.

„Guten Morgen, Liebes. Ich mach dir gleich Frühstück, Lenchen. Hast Du einen besonderen Wunsch oder dasselbe wie immer?"

Lena reibt sich die Augen.

„Mama, ich hätte gerne Honigbrot mit warmem Kakao."

„Also dasselbe wie immer. Komm, Süße, gehen wir gemeinsam in die Küche."

Jutta nimmt ihre kleine Tochter bei der Hand und sie gehen die Treppe runter in die Küche im Erdgeschoß.

„Setz Dich schon an den Tisch, Liebling, ich mach dir gleich Dein Honigbrot mit Kakao."

Lena nimmt auf ihrem angestammten Frühstückssessel Platz.

Jutta schmiert das Honigbrot, schneidet es in mundgerechte Stücke, füllt eine Tasse mit Milch, verquirlt sie mit Kakaopulver und stellt die Tasse in den Mikrowellenherd.

Sie stellt eine Tasse unter die Einflussöffnung der Espressomaschine, drückt den „Extra Stark"-Knopf und dann auf „Start".

Das schwarze, flüssige Genussmittel fließt langsam in die weiße Tasse und verströmt dabei diesen unverwechselbaren, sehr ausgeprägten Duft, der sich sofort auf den ganzen Raum überträgt und eine angenehme Frühstücksatmosphäre in der Küche schafft.

Mit einem Spritzer Milch und ohne Zucker vermischt sich das gebrühte Schwarze zu einem satten Dunkelbraun. Jutta nimmt ihre volle Tasse und gesellt sich zu ihrer Tochter an den Esstisch aus massivem Kirschholz.

Lena hat inzwischen schon mit dem Honigbrot angefangen und einen Teil des Honigs um ihren Mund herum verteilt.

„Na, Lena, wollen wir nach dem Frühstück dann gemeinsam in die Stadt fahren und einkaufen gehen? Was hältst Du davon?"

Jutta nimmt den ersten Schluck Kaffee und macht – als ob dieses Gewohnheitsritual den Geschmack noch einmal verbessern würde – beim Schmecken und Schlucken die Augen zu.

„Au ja, Mama, wir beide, nur wir beide!", stimmt Lena mit fast vollem Mund dem Vorschlag ihrer Mutter begeistert zu.

Jutta nimmt einen weiteren Schluck dieses heißen Aromawunders – natürlich wieder mit geschlossenen Augen.

„O.K. Lenchen, gebongt. Machen wir also einen „Nur-Lena-und-Mama-und-sonst niemand"-Einkaufsvormittag. Aber lass Dir ruhig Zeit. Iss in Ruhe dein Honigbrot auf und trink deinen Kakao."

Ihr kommt gerade der Traum- oder besser gesagt – der Albtraum in den Sinn.

„Sag mal, Lena, hast Du gut geschlafen?"

„Eigentlich ja, Mama", antwortet sie mit halbvollem Honigbrotmund.

„Wieso eigentlich?"

„Weißt du, Mama, ich hatte einen komischen Traum mit Hühnern, die so groß waren wie normale Menschen, war echt ulkig…"

Der Satz „Hühner, die so groß waren wie normale Menschen" ist wie ein Keulenschlag, der den gerade genommenen Schluck Kaffee in die Luftröhre befördert und einen heftigen Hustenanfall auslöst.

„Hab ich was Falsches geträumt, Mama?", fragt Lena mit selbstvorwurfsvollem Blick.

Jutta hat es gerade noch zur Abwasch geschafft und hustet sich den Restkaffee aus der Luftröhre.

„Nein, nein, meine Kleine, ich hab' mich nur gerade verschluckt, ist alles wieder in Ordnung!"

„Das kann doch kein Zufall sein", geht es ihr durch den Kopf, während sie wieder zum Frühstückstisch geht und sich zu ihrer Tochter setzt.

„Du Lena, kannst Du Dich noch an etwas anderes in deinem Traum erinnern? Also diese riesigen Hühner, haben die irgendetwas getan?"

Lena hat gerade den letzten Rest Honigbrot im Mund und beginnt ihre Erinnerungen an ihren Traum zu erzählen:

„Ja, die haben auf einem Bauernhof gelebt, diese Riesenhühner. Aber nicht als Hühner, sondern, die haben das gemacht, was normal der Bauer macht.

Verstehst Du das, Mama?

Also Traktorfahren, Wiesenmähen, Äpfel pflücken und so Sachen..."

„Jaja, versteh ich, Lena", beantwortet Jutta Lenas Zwischenfrage und versucht gleichzeitig den Traum ihrer Tochter einzuordnen.

„Das kann doch nicht sein", martert sie ihren Kopf.

„Und weißt du, Mama, da waren auch noch so kleine Menschen. Wie bei Gulliver. Du kennst doch Gullivers Reisen, Mama. Die liefen am Bauernhof herum, ganz ohne Kleider, ganz nackig und denen war gar nicht kalt, weil nämlich Sommer war auf dem Bauernhof in meinem Traum, Mama."

Jutta ist momentan irgendwie gar nicht gut zumute.

„Ja, danke, Lena, für die umfangreiche Traumerzählung, aber wenn wir noch in die Stadt wollen, dann müssen wir demnächst mal los.

Du bist ja schon fertig mit dem Frühstück. Also ab geht's jetzt ins Bad, waschen, Zähneputzen und anziehen. Ich mach Dir die Sachen fertig. Ich gehe noch unter die Dusche und dann können wir los. Alles klar, Lenchen?"

„Alles klar, Mama!"

„Na los, auf ins Bad, kleine Prinzessin!" Jutta gibt der Kleinen, die gerade ihren angestammten Frühstücksplatz verlässt, einen sanften Klaps auf den Hintern.

Lena verschwindet auf den obersten Treppenstufen in Richtung obere Etage.

Jutta räumt das Frühstücksgeschirr ihrer Tochter in die Spülmaschine, ist aber gedanklich mit den Traumschilderungen von Lena beschäftigt.

„Zuerst mein Alptraum, der realistischer nicht sein könnte, dann der Traum von Lena mit den identischen Inhalten und Szenarien. Was kommt als nächstes?"

Grübelnd macht sie sich auf den Weg in Lenas Zimmer, um ihr die Kleidung für den Einkaufstrip herzurichten.

„Mama?", tönt es aus dem Badezimmer.

„Mama, bist du schon heroben? Kannst du kurz nachsehen, ob meine Zähne schon sauber geputzt sind?"

„Na klar , Lenchen, bin gleich bei dir", ruft sie ins Badezimmer.

Jutta legt die Sachen auf den Stuhl und verlässt Lenas Zimmer in Richtung Bad.

„Mach mal Aaaah, Lena."

„AAAAAAAAAAAAAAAAAAAAhhhhhhh", bereitwillig öffnet die Kleine ihren Mund.

„Sieht sehr gut aus, kleine Zahnputzmeisterin. Gesicht, Hände und Ohren gewaschen, Nase geputzt?"

„Alles sauber, Mama."

„Na, dann ab in dein Zimmer. Du ziehst die Sachen an, die ich dir auf den Stuhl gelegt habe und wartest dann in der Küche auf mich. Ich bin nur kurz unter der Dusche und komm dann runter und dann kann's losgehen mit uns beiden!"

„Klaro, Mama!"

Lena verschwindet aus dem Bad.

Jutta streift den Morgenmantel ab und putzt sich nackt die Zähne. Nach circa zwei Minuten spuckt sie aus, spült und macht einen Kontrollgrinser in den Spiegel, um ihre manuelle Dentalreinigung zu überprüfen.

Zur Dusche kommt sie beim Ganzkörperspiegel vorbei und dreht sich überprüfend einmal um die eigene Achse.

„Eigentlich top in Schuss, Madame. Busen klasse, Po knackig und den Rest würd' ich auch nicht von der Bettkante stoßen", macht sie sich selber ein Kompliment über ihr Aussehen.

Sie steigt in die Brausetasse, zieht die Schiebetür der Glaskabine zu und stellt die Temperatur beim eingebauten Thermostat auf 36 Grad ein.

Jutta dreht das Wasser auf und sogleich prasselt das angenehm temperierte Nass auf ihren Kopf und fließt wohltuend an ihrem Körper herunter.

„Keine Hühner, keine Träume, keine Probleme, einfach abschalten. Nur das heiße Wasser auf deiner Haut."

Jutta genießt die Dusche und versucht so gut es geht, den Kopf frei zu halten.

Nach fünf gefühlt langen Wellness-Minuten steigt sie relativ erholt aus der Kabine.

Sie trocknet sich kurz ab und zieht den gleich neben der Duschkabine hängenden Bademantel an.

Seit sie den extremen Kurzhaarschnitt trägt, braucht sie für ihre Haare nur mehr einen Bruchteil ihrer früheren Haarstylingzeit.

Georg nannte sie kurzzeitig - nachdem er nur schwer mit ihrer spontan getroffenen „Lang-auf-sehr-kurz"-Entscheidung fertig geworden ist - „mein liebster Skinhead".

Sie frottiert ihre Haarstoppel kräftig ab und geht ins Schlafzimmer.

Im Gang begegnet ihr Ulla, die gerade aufgestanden ist.

„Morgen, Mam. Alles wieder im Lot? Du weißt wegen gestern, Albtraum und so….“

„Morgen, Ulla. Danke, es geht so. Die Dusche hat meine Träume ein wenig weggewaschen. Ist wieder besser.

Du, Ulla, kannst Du ein wenig leise sein in der Küche. Papa schläft noch im Wohnzimmer. Lena ist auch schon in der Küche. Wir zwei wollen dann zusammen einkaufen, wenn ich fertig bin.“

„Geht klar, Mam.“

Im Schlafzimmer steht sie nachdenklich vor dem Kleiderschrank und entscheidet sich für die sportlich legere Variante.

Weiße Jeans, weißes Polo. Sie legt den Bademantel über die Bettlehne, zieht einen bequemen, knappen, weißen Baumwollslip, den dazupassenden BH und ebensolche Socken an, zwängt sich anschließend in die enge Jeans und streift das Polo über.

Sie nimmt den Bademantel mit ins Bad, noch ein paar Spritzer Parfüm und das allernötigste Make-up und runter zu Lena und Ulla.

„Also, Lenchen, wir zwei machen uns jetzt auf den Weg. Und du, Ulla, bitte nimm, was deine Beschallung anbelangt, noch ein bisschen Rücksicht auf deinen Vater, der schläft noch im Wohnzimmer. Wir sind dann so am frühen

Nachmittag zurück und nehmen irgendwas zum Mittagessen mit. Hast du einen Wunsch, Ulla?"

„Eine vegane Pizza, wenn's keine Umstände macht. Ansonsten viel Spaß im Konsumrausch, bis später ihr zwei Ultra-Verbraucher."

„Ist machbar. Du sagst Papa Bescheid. Tschüss!"

Jutta angelt sich noch ihren Schlüsselbund vom Board und klemmt sich die kleine, weiße Handtasche unter einen Ellbogen, während Lena sich noch die Schuhe anzieht.

„Wenigstens hat er das Auto heil heim gebracht", denkt sich Jutta, während die Haustür hinter ihnen zufällt. Sie nimmt Lena an der Hand und sperrt mit der Fernbedienung des Autoschlüssels den weißen Tuareg auf.

8.

Jutta macht Lena die hintere Tür auf und Lena klettert selbständig auf den Kindersitz, wo sie von ihrer Mutter angeschnallt wird.

„Du, Mama, was ist ein Ulla-Verbraucher?"

Der Motor startet wie gewohnt zuverlässig und während Jutta auf die vollständige Öffnung des automatischen Tores der Carport-Zufahrt wartet, sucht sie mit einem Grinsen im Gesicht nach einer kindgerechten Erklärung für Lenas Frage.

Jutta lässt ihr Auto langsam rückwärts aus dem Carport auf die Zufahrtsstraße rollen, wendet und fährt in Richtung des nahe gelegenen Einkaufzentrums.

Das Verkehrsaufkommen ist so wie jeden arbeitsfreien Einkaufstag relativ stark, aber dennoch flüssig.

„Ja, Lena, ich glaub', du hast dich verhört. Deine Schwester hat nicht „Ulla" gesagt, sondern „U-L-T-R-A", das bedeutet nichts anderes als eine Steigerung von etwas. Also, wenn du zum Beispiel an einen Geburtstagskuchen denkst, der die Form von Spongebob hat, dann könnte man den als Ultrageburtstagskuchen bezeichnen. Originell und ausgefallen. Ungefähr verstanden, Lenchen?"

„Glaub' schon, Mama", gibt sich Lena interessiert.

„O.K, und Verbraucher sind wir alle.
Alle Menschen brauchen oder VERbrauchen etwas. Wir trinken Wasser, wir essen und zum Atmen brauchen wir unbedingt Luft.
Kapito, meine Kleine?"
Lena horcht den Erläuterungen ihrer Mutter aufmerksam zu.
„Das versteh ich, Mama. Du, Mama, verbrauchen wir eigentlich auch Hühner oder verbrauchen die Hühner uns?"
Diese Frage reibt an ihrem Panikzentrum, aber sie versucht ruhig zu bleiben.
„Eigentlich, Lena, verbrauchen wir die Hühner. Wir nehmen ihre Eier und wir essen die Hühner. Aber, Lena-Schätzchen, ich muss mich jetzt ein wenig auf die vielen Autos hier auf dem Parkplatz konzentrieren. Wir reden einfach später weiter."
Jutta biegt auf das riesige Gelände dieses Konsumzentrums ein, sucht und findet in der Nähe des Eingangs des Einzelhandelsdiskonters eine Parkmöglichkeit.
„Jahhh, geschafft", sagt sie leise vor sich hin. Mittlerweile beherrscht sie den riesigen SUV fahr- und parktechnisch fast perfekt, das war am Anfang eher ein wenig problematisch, weil sie sich erst an die Abmessungen dieses motorisierten Ungetüms gewöhnen musste.
„Aussteigen, meine Dame!"

„Ja, Mama, aber in meinem Traum waren die Hühner so groß wie wir und wir waren so groß wie die Hühner. Da hätten sie ja ganz leicht auch uns verbrauchen können…"

Jutta wird ob dieser Aussage ein wenig flau im Magen und sie versucht, das immer wieder aufkeimende Panikgefühl unter Kontrolle zu bringen.

Sie geht um das Auto herum und öffnet Lenas Tür, die sich schon alleine abgeschnallt hat und auf den Ausstieg wartet.

„Aber das war doch nur ein Traum, Lenchen. Du weißt doch, dass man Träume nicht zu wichtig nehmen sollte. Träume sind Schäume", versucht sie ihre Tochter zu beschwichtigen und auch sich selber in ein psychisch ruhigeres Fahrwasser zurückzubegeben.

Sie nimmt Lena bei der Hand und sie gehen Richtung Eingang des Lebensmittel-Diskonters. Es herrscht reger Betrieb in allen Geschäften des Zentrums.

Jutta schiebt eine Münze in den dafür vorgesehenen Schlitz des Einkaufswagens und entriegelt den Sperrmechanismus.

Mutter und Tochter schlendern nebeneinander durch die breiten Gänge des Lebensmittelgeschäftes.

„Mama, kann ich im Wagen sitzen?"

„Na klar, meine kleine Große", und hebt Lena unter einiger Kraftanstrengung in den Einkaufswagen.

„Sitzt du bequem, Lenchen?"

„Alles palavaretti, Mama."

„Alles paletti heißt das, Lena, Pa – le - tti."

Jutta kramt den Einkaufszettel aus der Jeanstasche und beginnt die benötigten Grundnahrungsmittel zu Lena in den Wagen zu legen.

„Mama, warum verbraucht Ulla eigentlich kein Schnitzel und auch keine Wurst mehr?"

„Also, Lena, wie du ja weißt, ist Ulla Vegetarierin und wie wir dir auch schon erklärt haben, sind das Menschen, die kein Fleisch und keine Wurst von Tieren essen.

Ulla hat sich dafür entschieden, weil ihr die Tiere leid tun und weil es außerdem ungesund ist, jeden Tag Fleisch zu essen.

Hättest du eigentlich Lust, Lena, dieses Wochenende gemeinsam mit Papa und mir – und selbstverständlich deiner Schwester – Vegetarierin zu sein?"

„Auja, Mama, du und ich und Papa und auch Ulla sind alle Vegetaner!!"

„Ve – ge – ta – ri - er nennt man diese Menschen", buchstabiert Jutta.

„Sag ich doch: Ve - ge - ta - ni - er -inn –en", buchstabiert Lena zurück.

„Na dann, Lenchen, auf unser fleischloses Wochenende. Papa muss sich einfach der Mehrheit beugen. Wir brauchen dann noch vier Gemüsepizzen."

„Und morgen mach ich dann irgendwas mit Nudeln und Gemüse", fügt sie gedanklich hinzu.

Nach der Tiefkühlabteilung checkt sie die Einkaufsliste noch einmal durch und nimmt dann Kurs Richtung Kassa.

Nach kurzer Wartezeit räumen Jutta und Lena die Waren auf das Fließband.

Die Kassiererin zieht die Sachen über den Scanner und Jutta bezahlt mit Bankomat-Karte.

Auf dem Weg zum Auto kommen sie an einem Spielzeug-Geschäft vorbei, das natürlich auch von Lena nicht unentdeckt bleibt.

„Kann ich da drinnen noch ein bisschen gucken, Mama?"

„Aber nur gucken, meine Kleine, und nur kurz. Wir müssen auch wieder mal nach Hause. Du wartest hier", Jutta hebt ihre Tochter aus dem Einkaufsgefährt direkt neben den Eingang des Spielzeug–Shops. „Ich räum' die gekauften Sachen schnell in unser Auto und dann bin ich gleich wieder bei dir."

Jutta bedient die Funkfernbedienung, mit der man auch den Kofferraumdeckel automatisch öffnen kann.

Sie räumt die Waren in das Heck ihres Tuareg, verschließt Deckel und Auto ferngesteuert und stellt den Einkaufswagen zurück.

Jutta hat immer ein ungutes Gefühl, wenn sie die kleine Lena – wenn auch nur für wenige Momente – aus den Augen lassen muss.

„Da bin ich schon wieder, Lena", und nimmt erleichtert die Hand ihrer Tochter.

Sie betreten gemeinsam das Spielzeug-Paradies.

So wie immer durchstöbert sie die Abteilung einer großen Plastikfiguren-Marke, nimmt diverse Verpackungen runter, sieht sich diese an und stellt sie wieder zurück. „Was kostet das?", oder „Hab ich schon", sind Lenas einzige Zwischenmeldungen während ihres Streifzuges durch diese Figurenwelt.

„Schau mal, Mama, wie in meinem Traum..."

Jutta schaut auf die Packung und spontan steigt Übelkeit in ihr auf.

Ein „Playmobil"-Hahn mit Latzhose und Heugabel in der Hand.

Reflexartig presst sie die Augen fest zusammen.

Und nach dem Öffnen ist aus dem geflügelten Bauern wieder ein menschlicher geworden.

„Mama, warum bist du denn so weiß im Gesicht? Ist dir schlecht?", fragt Lena und stellt die Verpackung mit dem Landwirt zurück.

„Nein, nein, Schatz. Es ist nur sehr heiß hier. Außerdem müssen wir sowieso los", antwortet Jutta mit zittriger Stimme.

„Ooch," fügt sich Lena resignierend.

Sie verlassen den Spielzeugladen, überqueren vorsichtig einen Fahrstreifen des Parkplatzes und sind fast beim Touareg angelangt.

„Du, Mama, bevor ich zuhause dann am Wochenende Vegetanerin bin, kann ich vielleicht vorher eigentlich jetzt noch ein Hühnchen verbrauchen. Ich habe Hunger und vorhin sind wir ganz sicher an gebratenen Hühnern vorbeigefahren, ich hab's gerochen. Bitte, bitte, bitte!"

„Dein Frühstück ist doch noch gar nicht so lange aus und außerdem, meine kleine Madame, hatten wir gestern Abend Huhn. Hast Du denn allen Ernstes schon wieder Appetit darauf, meine Kleine?"

„Ja, Riiiiiiiiiiiiiiiiiiesenappetit. Du willst doch, dass ich auch so groß werde wie du, Mama. Also muss ich auch gaaaaaaaaanz viiiiiiiiiiiiiiiiiiiiiele Hühner verbrauchen", versucht Lena ihre Mutter umzustimmen.

„O.K., Prinzesschen, ich will keinesfalls Schuld an deinem qualvollen Hungermartyrium sein. Ziehen wir halt das Mittagessen vor und unsere Gemüsepizzen gibt's abends, Lenchen. Also los, der Stand ist gleich dort drüben."

Jutta und Lena machen kehrt und steuern auf den relativ stark frequentierten Verkaufsstand zu, dessen Betreiber am Rand des Parkplatzes sein gebratenes Geflügel an den Mann und an die Frau bringt.

Sie stellen sich in die Warteschlange.

„Bitte sehr, die zwei hübschen Damen, was darf's denn sein?" fragt der freundliche Hähnchenverkäufer mit lächelnder Miene.

„Ein halbes Hähn...."

Juttas Blick fällt auf den Grill.

Auf die

nacheinander aufgespießten,

sich langsam drehenden,

mittel- bis dunkelbraun durchgebratenen...

....MENSCHEN!!!!!

Menschenschenschenschenschenschenschenschens chenschenschenschenschenschenschenschenschens chenschenschenschenschenschenschenschenschens chenschenschen

Das Wort hallt ihr unaufhörlich durch den Kopf. Verbunden mit den Bildern der aufgespießten und gebratenen Menschenkörper.

Sie ringt nach Luft und hört den Hähnchenbräter noch irgendetwas schreien.

„Lena...", presst Jutta gerade noch heraus, bevor sie ohnmächtig wird.

9.

*„...kein Ruhm mehr und kein Geld."**

Jutta hat keine Chance. Sie hatte zum ersten Mal seit Langem so gut geschlafen, dass sie die lauten Schreie ihrer Artgenossinnen nicht gehört hat.

Nur das grelle Licht der Morgensonne, das sich den Weg durch die Spalten zwischen den Holzlatten des Scheunentores bricht, lässt Jutta die Augen aufschlagen. Doch da ist es auch nur für jeglichen Ansatz einer Fluchtreaktion bereits zu spät.

Eine riesige Flügelhand kommt auf sie zu.

Das Greifwerkzeug des beschürzten Vogelwesens.

Jutta ist gelähmt vor Panik und zu keiner Abwehrhandlung fähig. Nur die Stimmbänder artikulieren in einer animalischen Weise ihre momentane Befindlichkeit: Todesangst...

Sie weiß, was ihr bevorsteht, wenn es ihr nicht gelingt, zu fliehen.

Das Schreien verhindert nichts.

Die Flügelhand umschließt ihr Bein oberhalb des Knöchels und sie wird in das mitgebrachte Fangnetz in der anderen Flügelhand geworfen.

Unsanft landet Jutta auf zwei weiteren Frauen, die zwar ihre Landung etwas dämpfen, sich jedoch ebenfalls vehement und ohne Rücksicht auf

Verluste gegen das bevorstehende Schicksal wehren.

Bei einer steht der rechte Unterarm in einer absurden Art und Weise vom Rest des Arms weg und die Zweite blutet heftig aus der Nase. Jutta scheint bis jetzt unverletzt.

„Wenn nicht ein Wunder geschieht, dann landen meine zwei Schwestern im Schmerz und meine Wenigkeit auf dem Teller unseres Killers – dem Träger dieses Netzes", resigniert Jutta gedanklich. Eigenartigerweise beunruhigt sie diese Erkenntnis gar nicht so sehr.

„Aaaaaaaaauuuuuuuuuh!!!!!!", entfährt es ihr reflexartig. Ein Schlag gegen ihr Jochbein von einer der Frauen, deren körperlicher Abwehrkampf nachlässt, die sich aber beide noch immer Schmerz und Todesangst aus ihren Seelen schreien.

„Dann ist es endlich vorbei," denkt sie. „Dann ist das alles hoffentlich ein für alle Mal vorbei. Ich werde aufwachen …

in meinem Bett…
in meinem Schlafzimmer…
in meinem Haus…
in meiner Straße…
in meinem Ort…
in meiner Stadt…
in meinem Land…
in meiner einzigen Wirklichkeit…
und bei meiner Familie sein.

Bei Ulla, bei Lena und bei Georg.
Bei meinen Menschen!

Erst als der bäuerliche „Schlachter" stehen bleibt und das Netz öffnet, wird Jutta aus ihren Gedanken gerissen und klar, was gleich kommen wird.

Der Abwehrkampf der Frauen im Fangnetz erreicht einen neuen Höhepunkt.

Ein einziges Stoßen, Strampeln und Schlagen in alle Richtungen.

Die Flügelhand des animalischen Landwirts nähert sich der Netzöffnung und schnappt sich das Erste, was sie greifen kann - den absurd abstehenden Unterarm von einer der Frauen, die schon vor Jutta gefangen waren.

Sie wird an dem Unterarm – der nur mehr durch ein Stück Fleisch am Rest des Körpers hängt – aus dem Netz gezerrt.

Das Fangnetz wird mit perfektioniertem Griff verzurrt und an einen vorbereiteten Haken gehängt.

Jutta blickt in das gepeinigte Gesicht der Frau.

„Es ist bald vorbei, es ist bald vorbei, es ist bald vorbei, es ist bald vorbei", versucht Jutta das gerade vor ihren Augen Geschehende – eine Live Hinrichtung – wegzuschieben.

Ihr Puls erreicht eine gesundheitsgefährdende Frequenz.

„Jetzt nicht ohnmächtig werden! Konzentrier' dich, konzentrier' dich..."

Ihr Blick geht zur Seite und sie sieht ein kleineres Huhn neben dem Hackstock. Das Schafott, in dem das Hackbeil steckt, dessen Schneide die Köpfe von den Körpern der drei Frauen trennen wird.

Die Schreie der ersten Todeskandidatin werden leiser und gehen in ein kaum wahrnehmbares Wimmern und Röcheln über. Sie scheint sich ihrem Schicksal ergeben zu haben. Vielleicht ist sie auch ob des unmenschlichen Schmerzes ohnmächtig geworden und wird ihre letzten Lebenssekunden gnädigerweise nicht bewusst erleben.

Jutta sieht, wie die Axt aus dem Hackstock gezogen und die Frau bäuchlings auf das Holzfundament des Schafotts gelegt wird.

Erst jetzt fällt ihr auf, dass der Kamm auf dem Schädel des Flügelwesens verkümmert, ja fast nicht vorhanden ist. Möglicherweise ist der Schlachter weiblich. Die Henne des Traktor fahrenden Hahns. Der Unterarm der Delinquentin hängt nur mehr an ein paar Sehnen am Rest des Körpers. Es ist still, fast geräuschlos.

Jutta und die zweite, noch im Netz verbliebene Frau, haben jegliche Gegenwehr aufgegeben.

Die geflügelte Bäuerin holt mit der rechten, beaxteten Flügelhand aus, die linke fixiert die gerade zum Hühnerfutter werdende, bewusstlose Frau.

Die scharfe Axtklinge – fest in der rechten Geflügelklaue der gefederten Landwirtin – rast senkrecht auf den Hals der Bewusstlosen zu.

Punktgenau trifft die Bäuerin das anvisierte Körperteil. Ein zur Routine gewordenes Tötungsritual.

Der Kopf der gerade Getöteten rollt von der waagrechten Schnittfläche des Hackstockes und fällt seitlich neben dem Schlachtholz ins Gras.

Jutta übergibt sich auf die neben ihr zusammen gekrümmte Frau. Die im Hackstock steckende Axt verdeckt zum großen Teil die ausblutende Tote.

Das Blut rinnt seitlich an der Klinge vorbei zum Rand des Schafottareals und findet vertikal den Weg zum Kopf der toten Frau im Gras, das sich langsam rot einfärbt.

Nach einer Weile nimmt die Geflügelbäuerin die fast ausgeblutete Kopflose an den Beinen, befestigt routiniert eine Schnur oberhalb der Fußknöchel und hängt die tote Frau an die Leine.

Das kleine Blutrinnsal am offenen Hals ist zum Tröpfeln geworden.

Ein zweites, etwas kleineres Geflügelwesen nähert sich dem hängenden Fangnetz, in dem sich Resignation und Hoffnungslosigkeit breit gemacht haben.

An keinem äußerlichen Merkmal ist eine eindeutige geschlechtliche Identifizierung des Juniorbauern – oder der Juniorbäuerin – möglich.

Das Junggeflügel wird jetzt selbst aktiv und will die von der Bäuerin vorgeführte Tötung beim nächsten „Opfer" selbst ausführen. Jutta erkennt, dass hier eine „Einschulung" – eine Lektion des Schlachtens – stattfindet.

Das Netz wird vom Haken genommen und aufgezurrt.

„Vielleicht kann ich mich vorbei zwängen, wenn er die andere Frau rausholt..." Gleichzeitig mit diesem Gedanken wird Jutta klar, dass ihr nur mehr wenige lebendige Momente bleiben.

Die geflügelte Hand packt zu und erwischt Jutta am schweißnassen Unterschenkel. Jutta tritt mit dem freien Bein um sich und trifft mit voller Wucht seine Greifklaue.

Die Umklammerung löst sich wieder. Die Geflügelhand tastet weiter – anscheinend währte der Schmerz von Juttas Schlag nur kurz.

Das junge Huhn bekommt die weggetretene Frau am Kopf zu fassen. Ein leises Knacken des Halswirbels und der Todeskampf ist – früher als erwartet – auch für diese Frau zu Ende.

Jutta vernimmt ein Gackern des Muttertieres, vielleicht eine Art Instruktion an den Schlachterlehrling.

Sie wird wieder im Fangnetz am Haken aufgehängt.

„Die Letzten werden die Ersten sein", kommt ihr zynisch in den Sinn.

Das geschlechtslose Junggeflügel schreitet zum Schlachtplatz umfunktionierten Baumstumpf, nimmt die Axt aus dem Holz und legt die Frau mit dem gebrochenen Genick, wie bei Mutter Bäuerin beobachtet, bäuchlings auf die Schafottfläche. Seine Bewegungen und Griffe wirken ungelenk, nicht so geübt wie bei der alten Hühnerbäuerin. Der Junior hebt langsam die Axt zum Schlag.

Das „Hühnchen" zögert, die Klinge bleibt in der Luft. Jutta hört wieder Gacker- und Gurrlaute aus dem Schnabel des Muttertieres.

Nichts Verständliches, doch Jutta kann sich ungefähr vorstellen, welche Mutter-Kind-Kommunikation hier stattfindet:

„Nun mach schon…

Ist doch nur unser Essen.

Bloß ein Mensch…

Irgendwann ist immer das erste Mal", übersetzt Jutta spontan in Gedanken.

Der Nachwuchsbauer überwindet sich. Die noch blutige Klinge der Axt schnellt auf den leblosen Körper nieder. Doch durch die Ungeübtheit und Unsicherheit des Anfängers ist es von der Schlagpräzision seiner Mutter weit entfernt und trifft sein Opfer nicht wie geplant am Hals, sondern trennt der Toten das linke Bein unterhalb des Kniegelenks vollständig ab.

Es bleibt am Rand der Hackfläche liegen.

Aus dem Stumpf ergießt sich Blut auf die Schlachtebene des Hackstockes.

Jutta muss sich wieder übergeben und ihre Blase entleert sich gleichzeitig auf das Gras unter dem Fangnetz.

Die Mutterhenne eilt zu Hilfe, stellt sich hinter ihren geflügelten Nachwuchs und nimmt vorsichtig, aber bestimmt seinen Greifflügel – so wie eine Menschenmutter die Hand des Kindes beim Erlernen des Schreibens. Die geführte Flügelhand geht langsam wieder hoch – am Richtungswechselpunkt der Axt eine kurze Instruktion der Flügelbäuerin an den Schlachter-Lehrling– das Beil fährt nieder und die Klinge trifft präzise den Zielpunkt an der Wirbelsäule der toten Frau und enthauptet sie.

Aufgeregtes Gackern der Henne, ein unverkennbares Lob an das junge Schlachterkind.

Die Schlachtaxt steckt im Holz, das Restblut der Leblosen bildet langsam fließend einen roten Kreis um die Schneide des Beils.

Der Kopf der Toten rollt diesmal in die Richtung des aufgehängten Fangnetzes, in dem Jutta auf ihre bevorstehende Schlachtung wartet und bleibt in ihrer unmittelbaren Sichtweite liegen.

Jutta blickt auf die gerade, fleischige Schnittfläche des durchtrennten Halses.

Der zweite Körper wird am noch verbliebenen Bein gepackt, die Schnur befestigt und neben die erste Tote an die Leine gehängt.

Juttas Blick kann sich nicht von den beiden enthaupteten, nackten Leichnamen – die hier entwürdigt ihren einzigen Lebenszweck erfüllen – los reißen.

„Ich werde jetzt sterben, dann ist alles vorbei…"

Tränen laufen über ihre Wangen.

„Ich werde mich nicht wehren, alles soll schnell vorbei sein…

Dann bin ich endlich wieder zu Hause!"

Ein Knacken reißt Jutta aus den Gedanken.

Das junge Flügelwesen ist auf den Kopf der zuletzt Getöteten getreten.

Es hängt das Fangnetz ab, zurrt es auf und seine Flügelhand greift ins Netz.

Jutta leistet keinen Widerstand nd ob dieser fehlenden Gegenwehr greift der Nachwuchsbauer nur halbherzig zu.

Er zieht Jutta am Unterschenkel heraus. Kaum aus dem Fangnetz, entgleitet sie ihm und fällt ins Gras, direkt auf den zermatschten Kopf der zuvor Geschlachteten.

Sie wird durch den Aufprall auf das Kopffleisch aus ihrer Lethargie gerissen und erkennt instinktiv ihre allerletzte Fluchtgelegenheit.

Die Mutterhenne gackert nervös, das Junge ist irritiert und reagiert nicht…

Jutta rappelt sich auf und läuft.

Und läuft…

Läuft um ihr Leben…

10.

*„Und fände ich das große Los,…"**

Alles rast an ihr vorbei.

Sie rennt und springt, fällt, steht wieder auf.

„Nicht umsehen und auf keinen Fall stehen bleiben…..

Auf keinen Fall stehen blieben….

Auf gar keinen Fall!!!!!!!!!!!!!!!!!!"

Diese Worte - ein unendliches Echo im Kopf.

Der Schweiß strömt aus allen Poren.

Das Gras, die Wiese, alle überwundenen Hindernisse, alles was sich ihr in irgendeiner Weise entgegenstellt, ritzt, kratzt, schlägt und reißt sich in ihre Haut.

Sie spürt keinen Schmerz.

Und ihre Beine laufen, als würden sie ein Eigenleben führen.

Sie rennen von alleine.

Sie haben es verstanden.

So, als ob sie direkt in ihr altes – RICHTIGES - Leben laufen könnten.

Ihre Beine tragen Jutta nach Hause!

Das Herz pumpt wie verrückt.

Die Lunge beginnt zu stechen.

„Nicht umsehen!

Nicht stehen bleiben!"

An die große Wiese grenzt ein Wald.

Ein Erinnerungssplitter aus ihrer Erkundungstour auf dem Gelände des Bauernhofs.

„Bis in den Wald – dann hast du eine Chance…..", wird ihr Laufbefehls-Mantra kurz unterbrochen.

Sie rennt.

Der Wald kommt näher.

Das vorbeirasende Wiesengrün – Gräser, Kräuter, Blumen, Halme – verwandelt ihre Haut in einen Wundenkrater, wie von Peitschen geschlagen.

Nur noch ein kleines Stück zum Wald.

Nur noch eine ganz kleine Strecke, dann ist sie in Sicherheit.

„Nicht umsehen, nicht stehenbleiben!" hämmert es unaufhörlich in ihren Hirnwindungen.

Der Wald ist jetzt direkt vor ihr.

Es ist, als würde eine Art Pforte nur für Jutta geöffnet.

Die riesigen Bäume öffnen eine Pforte der Sicherheit – für Jutta.

Nur sie nimmt ein gewehtes "Hier bist du sicher!" der Waldbäume wahr.

Sie rennt durch die letzten Grashalme und spürt auf einmal den weichen, moosigen Waldboden unter ihren Füßen, sieht die riesigen Stämme der Nadelbäume in unmittelbarer Nähe.

Sie ist im Wald.

Und sie fühlt die Sicherheit des Waldes.

Aber ihre Beine laufen noch immer.

Jutta kann nicht aufhören zu rennen.

Sie kann ihre Beine nicht dazu bewegen, sich nicht mehr zu bewegen.

Sie sieht diese Baumwurzel zwar.

Ihre Beine laufen dennoch direkt auf diese Wurzel zu.

Keine Kraft mehr zu springen oder auszuweichen.

Die Befehlslinie Hirn-Beine ist außer Funktion.

Die Wurzel wird zum Stolperstein.

Die befehlsunempfänglichen Beine werden abrupt blockiert, sie verliert den Boden unter den Füßen.

Jutta wird jeglichen Halts entwurzelt und stürzt unkontrolliert nach vorne.

Aufprall und ein gleichzeitig auftretender heftiger Schmerz an der Schläfe.

Stille.

Ohnmächtige Stille.

11.

*„…dann fräße ich es bloß."**

Jutta läuft.

Jutta läuft auf dieses Tor – auf diesen seltsam leuchtenden Lichtbogen – zu.

Man kann nicht erkennen, was sich dahinter befindet.

Sie rennt direkt unter diesem Bogen durch, in dieses Tor hinein…

..und befindet sich auf einer Wiese.

Auf einer anderen Wiese.

In einem Garten…

Jutta – endlich zum Stillstand gekommen - sieht sich um, erkennt etwas Unglaubliches.

Sie ist überwältigt, sinkt ins Gras und bricht in Tränen aus.

„Ich bin wieder zuhause…" flüstert sie ganz leise und voller Vorsicht, so als ob eine Zunahme ihrer Stimmenlautstärke eine sofortige Verbannung von diesem Ort – ihrer Familie und ihrem Zuhause – zur Folge hätte.

„Wieder zuhause…." , flüstert sie erneut in einer emotionalen Mischung aus unsäglicher Freude, vorsichtiger Erwartung und totaler Erschöpfung.

Sie steht vorsichtig auf, geht unsicher und etwas wackelig über das vertraute Grün auf ihr Haus zu.

Dass sie noch immer nackt ist, ist ihr in diesem Moment nicht bewusst.

Sie steigt die zwei Treppenstufen des gepflasterten Weges hinauf und steht vor der Haustür.

Vor ihrer Haustür.

Vor der Haustür ihres Hauses.

Das Haus, in dem ihre Familie lebt.

Lena, Ulla, Georg.

Auf ihrem Grundstück.

In ihrer Welt.

In ihrer realen, richtigen Welt....

„Soll ich jetzt klingeln oder klopfen....?"

Ihr Zeigefinger nähert sich langsam dem Klingelknopf.

Sie stoppt kurz vor dem Knopf.

„Was ist, wenn niemand öffnet oder jemand, den sie nicht kennt – ein Fremder?"

Sie sieht sich noch einmal weitläufig um.

Das ist unverkennbar Juttas Haus.

Das Haus, in dem sie mit ihrem Mann und ihren beiden Kindern lebt oder gelebt hat oder bis vor kurzem gewohnt hat...ist ja auch egal...

„Was ist, wenn sie tot sind?" Sie stockt, ihr wird plötzlich übel.

„Oder wenn so ein Riesenhuhn aufmacht?"

Sie macht die Augen zu und drückt den Klingelknopf.

Ganz lange.

Sie hört nichts.

Vielleicht ist die Klingel kaputt.

Sie öffnet die Augen und vor ihr stehen...

Georg, Ulla und Lena –

alle drei nackt und völlig haarlos.

Tränen...

Ihre Nacktheit ist ohne Bedeutung.

Sie wird von allen gedrückt, ganz fest.

Aber sie spürt nichts.

Alles ist völlig taub, wie eingeschlafen.

Und noch ein Umstand ist sehr merkwürdig.

Irgendjemand oder irgendetwas hat den Ton ausgemacht.

Wie im Stummfilm.

Es herrscht absolute Stille.

„Ich liebe euch, ich liebe Euch so sehr", aber Jutta hört ihre eigenen Worte nicht. Die Lippen bewegen sich im Takt der Sprache, aber nichts, absolut nichts bricht dieses Meer an Geräuschlosigkeit.

Jutta umarmt noch einmal ihre zwei Töchter, ohne die Berührungen, den Kontakt zwischen den drei Körpern auch nur im Ansatz zu fühlen.

Es ist, als wäre die gesamte Empfindungssensorik der Haut abgeschaltet.

Zuschauer im Film des eigenen Lebens – ohne zu hören, ohne zu spüren.

Und als Jutta ihre Töchter so nah bei sich hat, geht Georg auf einmal auf die Knie. Auf allen Vieren kommt er auf Jutta zu, steckt den Kopf zwischen ihre Beine und macht sich mit Zähnen und Zunge an ihrem Unterleib zu schaffen.

Sie ist völlig perplex und seltsamerweise völlig unfähig, sich zu bewegen.

Die Töchter sind aus ihrem Gesichtsfeld verschwunden, nicht mehr wahrzunehmen. Sie spürt nur mehr die feuchte, gierige Zunge ihres Ehemannes, der mit seinem nassen Organ ihr Geschlecht ertastet und leckt.

„Georg! Hör sofort auf !!!!!!!!", brüllt sie tonlos und hysterisch.

„Geeeeeeeeeeeeeeeeeeeeeeooooooooorg!!!!!.........."

12.

*„Ich brauchte nie mehr ins Büro."**

Irgendetwas pocht in Juttas Kopf.

Pocht gegen die Innenseite der Schläfe.

Wie ein Schlagwerk eines Uhrturmes hämmert ein imaginärer Hammer des Schmerzes gegen ihre Schläfe.

Außerdem spürt sie etwas Warmes, Feuchtes - etwas irgendwie Lebendiges – auf ihrer Hautoberfläche, zwischen ihren Schenkeln.

„Ach, Georg, kannst Du das bitte unterlassen, ich habe rasende Kopfschmerzen, mein Kopf ist am Zerspringen, Georg!

Georg, bitte, lass das jetzt….Georg, nicht!"

Sie spürte einen leichten, feuchten, warmen Druck auf ihrem Geschlecht.

Jutta reißt die Augen auf.

„Iiiiiiiiiiiiiiiiiiiiiiiiiiiiiiiiiiiiiiiiiiiiiihh!!!"

Der Feldhase – er bewegt sich ungefähr in ihrer Größen-Kategorie, übertrumpft sie aber um mindestens eine Gewichtsklasse – stellt sofort das Beschnuppern ein.

Die beiden Blicke, Jutta-Blick und Hasenblick, kreuzen sich kurz, dann sprintet das Karnickel los und verschwindet Richtung Waldmitte.

Juttas Erinnerung kommt zurück. Die harte Konfrontation mit der Baumwurzel hatte ihr eine traumvirtuelle Begegnung mit ihrer Familie und ihrem Zuhause beschert.

Es war ein Traum in Folge der Ohnmacht und keine dieser unerklärlichen Wirklichkeitsverschiebungen, da war sie sich ganz sicher.

Sie sitzt auf dem Waldboden und das unfreiwillige Hasenrendezvous lässt ihren Puls noch immer nicht zur Ruhe kommen.

Ihr ganzer Körper ist übersät mit Kratzern, Striemen und kleinen, blutigen Wunden.

Und da ist auch noch dieses Pochen, dieser Hammer im Kopf, der unermüdlich gegen ihre Schläfe hämmert. Jutta greift sich vorsichtig an die besagte Position.

Ein heftiger Schmerz lässt sie ihre Hand wieder wegziehen. Eine Platzwunde, wahrscheinlich die Stelle ihres Aufschlages, der Teil des Körpers auf dem sie ihren Sturzflug beendet hat.

„Aber ich bin frei, ich hab's geschafft!"

Dieses Gefühl lässt sie die Schmerzen im Kopf und auch am ganzen Rest des Körpers kurz vergessen.

„Ich hab sie abgehängt, die dummen Bauernhühner, ich werde nicht geschlachtet und auch nicht gefressen…frei…ich bin frei!"

Das erste Mal seit Langem macht sich trotz dieser gegenwärtig widrigen Umstände so etwas wie ein positives Gefühl in ihr breit.

Jutta hebt ihren Kopf langsam, bis ihre Augen senkrecht in den Himmel blicken.

„Ich....bin....freeeeeeeeeeiiiiiiiiiiiiiiiiiiiiiiiiiiii!!!", brüllt sie in Richtung des Abendhimmels, so als ob ein Teil ihres seelischen Ballastes mit dieser Flucht in den Wald von ihr abgefallen – Vergangenheit – ist.

Sie verharrt einige Minuten mit geschlossenen Augen in dieser Position.

„Einige Stunden Bewusstlosigkeit – naja, Zeit ist unter diesen Umständen ja völlig bedeutungslos geworden."

Sie öffnet ihre Augen.

„Eine leichte Gehirnerschütterung, eine Platzwunde an der Schläfe ...und der Rest des Körpers besteht anscheinend aus unzähligen Riss-, Quetsch- und Kratzwunden, aber ansonsten....", resümiert sie mit einem leichten Anflug aus schwarzem Humor.

Jutta steht langsam auf und sieht sich von oben bis unten an. Eine optische Schadensbegutachtung. Sie bewegt nacheinander alle Gelenke durch und stellt erleichtert fest, dass sie Flucht und Sturz ohne gröbere Verletzungen überstanden hat – sieht man einmal von der Gehirnerschütterung ab, deren Intensität sie momentan nicht einordnen kann.

Und auch psychisch wirkt sich die geglückte Flucht aus der Gefangenschaft der geflügelten Landwirte und dem damit zusammenhängenden permanenten Risiko des „Geschlachtet werdens" sehr positiv aus.

Gegen die äußerst heftigen Kopfschmerzen ist selbst dieses Psycho-Hoch machtlos.

„Desinfektionsspray wird hier in diesem Wald ja wohl auch nicht ausgegeben, auf keinen Fall ohne Rezept...", Jutta lächelt wieder.

„Ich brauche dringend Wasser, bin total ausgetrocknet. Körperpflege wäre auch mal wieder angesagt.

Vielleicht finde ich hier in diesem Waldstück irgendwo einen Teich, Bach oder Fluss ......"

Sie macht eine langsame 360 Grad Drehung, um die Lage kurz zu überblicken und entscheidet sich spontan und rein intuitiv für eine Richtung, die gefühlsmäßig tiefer in den Wald führt.

Sie setzt sich behutsam in Bewegung und erkennt erst jetzt die gigantischen Ausmaße der Bäume dieses Mischwaldes. Die absolute Höhe ist aus ihrer Perspektive gar nicht abschätzbar, ebenso wenig der Durchmesser der Stämme.

„Diese Baumstämme braucht man nur aushöhlen und ich hätte für's Erste wenigstens einen wasserdichten Schlafplatz", sinniert sie.

Das Vorankommen im Unterholz des Waldes erweist sich – bedingt durch ihre Körpergröße - als extrem anstrengend und Energie raubend. Die Wurzeln der verschiedenen Baumarten ragen hoch aus dem Boden heraus und deren Überwindung zehrt zusätzlich an Juttas ohnehin schon begrenzten Kraft- und Ausdauer-Ressourcen.

Sie bleibt immer wieder stehen, um ihre Kräfte zu sammeln und durchzuatmen. Dabei bestaunt sie riesige Farne, Gräser und Pilze, die sie aus ihrer anderen Welt kennt, jedoch in einer größenreduzierten Ausgabe.

„Apropos Pilz, ich brauch auch mal wieder etwas in den Magen. Dieser Lauf um mein Leben hat mich ganz schön ausgelaugt.

Und mein Lebenslauf findet hier sein jähes Ende, wenn ich nicht sehr bald was Trinkbares finde ...und eine Apotheke, die Nachtdienst hat - aber man will ja das Schicksal auf keinen Fall überstrapazieren."

Das Vorankommen verlangsamt sich stetig. Jutta ist jetzt schon eine Zeit lang unterwegs und hat kein Geräusch wahrgenommen, das einem Plätschern, Fließen oder einem lauten Tropfen ähnlich ist.

Die Pausen werden immer länger.

Plötzlich spürt sie beim Überwinden einer Wurzel etwas Weiches, Ledriges, Hautähnliches unter einer ihrer Fußsohlen. Sie stößt sich schnell ab, um dieses Gefühl – etwas unbekanntes Lebendiges zu berühren – los zu werden.

Auf der Wurzel stehend, beobachtet sie, wie dieses Etwas sich bewegt.

Angst macht sich wieder in ihr breit.

Mit einem lauten „Quooooooaaak!!!!" und einem Megasprung aus seinem Wurzelversteck beendet der Frosch die kurze Begegnung mit Jutta.

Jutta beruhigt sich wieder.

„Auf Wiedersehen, Frosch! Und vielen Dank für die Aufstiegshilfe!!!!

Der ist so groß wie unser Dackel, den wir mal hatten", sagt sie zu sich selber.

Sie springt von der Wurzel auf den weichen Waldboden, biegt ein paar Gräser zur Seite und macht sich auf zur nächsten Kletterei.

„Am Bauernhof hatte ich wenigstens Speis und Trank", beginnt sie ihre Flucht in Zweifel zu ziehen.

„O.K., Vergewaltigung, Schlachtung und anschließende Verspeisung waren auch inklusive, aber zumindest hatte ich was zwischen den Zähnen!"

Sie schafft es kaum noch, sich an den höheren Baum- und Pflanzenhindernissen hochzuziehen.

Ihr Kräftelimit scheint bald erreicht zu sein, vor der nächsten Wurzel lässt sie sich einfach auf den

Boden fallen und bleibt ausgezehrt und energielos liegen.

Jutta hat ihre Augen geschlossen.

Sie hört ihr lautes Ein- und Ausatmen und das unaufhörliche Pumpgeräusch ihres Lebenserhaltungsmuskels und dazwischen ein....

„Ja, was ist das?....."

Gleichzeitig mit dem Aussprechen dieser Wörter hievt sie ihren Oberkörper aus der horizontalen Kraftlos-Position wieder in die Vertikale und horcht.

Ein kaum wahrnehmbares Plätschern dringt an ihre Ohrmuscheln.

„Das kann doch nicht sein, das bild' ich mir ein."

Sie konzentriert sich, so gut es geht.

Das Plätschern ist real und es wird intensiver.

Sie rafft sich auf und geht in Richtung des Fließgeräusches und schon nach wenigen Metern kann sie ihn sehen.

Ein grüner, moosiger Waldteich, randvoll mit...

„Wasser!"

Sie beschleunigt ihren Gang.

Über Wurzeln, durch Gräser, an Farnen vorbei. Es ist mehr ein Stolpern als ein Gehen, geschweige denn ein Laufen.

Und dann ist es soweit. Sie steht am Rand des Waldgewässers, nur durch eine kleine, steile Böschung vom grünlich schimmernden, relativ klaren Wasser getrennt.

Sie betritt die Böschung, die ihr sofort jeglichen Halt nimmt und Jutta schlittert in das kühle, erfrischende Nass des Waldteiches.

Es ist wie eine Wiederaufnahme ins Leben. Sofort stillt sie ihren Flüssigkeitsbedarf, saugt ein paar lange Züge in ihren ausgetrockneten, nach Wasser dürstenden Körper, legt sich auf den Rücken und lässt sich über die Oberfläche des Gewässers treiben.

Jutta fühlt sich beschützt von Wald und Wasser und genießt den Augenblick, das Getragenwerden.

Minuten vergehen.

Egal, Jutta ist zeitlos. Sie ist ihre Zeit los geworden.

Ihr ruhiges Dahintreiben wird jäh unterbrochen, weil ihr Hinterkopf an einen Widerstand stößt.

Sie gleitet im Umdrehen in eine senkrechte, aufrechte Schwimmposition, um zu eruieren, was ihre Entspannungsphase gestört hat und starrt in ein aufgedunsenes, bleiches, lebensloses Menschengesicht -

eine Wasserleiche.

Der Anblick dieses extrem entstellten Antlitzes löst bei ihr eine äußerst unangenehme, aber angesichts der Umstände eine ganz normale Folgereaktion aus:

Spontane, ausgeprägte Übelkeit steigt in ihr hoch.

Jutta kotzt sich sofort das gerade getrunkene Teichwasser wieder aus dem Körper und nimmt voll Abscheu und Ekel Kurs auf das Ufer, klettert den Abhang hinauf und setzt sich auf den Waldboden.

„Warum hab ich bloß diese Leiche nicht gesehen? Da war nur das Wasser, alles andere hab' ich nicht mehr wahrgenommen. Hoffentlich hab' ich mir nichts geholt..."

Sie spuckt noch immer aus.

Die Leiche, ein Nutzmensch, der nicht vermisst wird. Den Markierungsring am linken Handgelenk hat Jutta trotz der Panik eigenartigerweise registriert.

Sie muss das Bild vom entstellten Gesicht der Toten – eine Leichenfratze aus Knochen, verfaultem und teilweise aufgefressenem Restfleisch - verdrängen, denn sobald es in ihrem Kopf auftaucht, kommt auch gleichzeitig Übelkeit in ihr hoch und sie will ihren ohnehin leeren Magen nicht noch stärker belasten.

„Der Teich hat, Gott sei Dank, einen Zufluss.

Ein Rinnsal, ein Bächlein, denn viel mehr ist es nicht.

Ich werde mich bachaufwärts mit Wasser versorgen und mir irgendwo eine Schlafgelegenheit suchen...."

Es dämmert schon und Jutta ist hundemüde.

Sie blickt in Richtung der Leiche.

„Also leb' wohl, du unbekannte Tote und entschuldige, dass ich dir keine anständige, letzte

Ruhestätte bereiten kann, aber ich habe schlicht und einfach keine Kraft mehr. Also möge Gott oder wer auch immer für dich zuständig ist, deiner Seele gnädig sein!"

Jutta macht sich auf zum Zufluss. Die Sicht wird immer schlechter.

Sie geht langsam – ihr Tempo ist in ihrem Zustand auf keinen Fall mehr steigerbar. Sie tätigt jeden Schritt bewusst und aufmerksam, um jeglichen Fehltritt zu vermeiden und dadurch auch eine eventuelle Verletzungsgefahr zu minimieren.

Mittlerweile ist es fast finster geworden.

Jutta ist noch immer nah am Zufluss des Teiches, dessen leises stetiges Plätschern sie die ganze Zeit begleitet hat.

„Jetzt bin ich weit genug entfernt. Außerdem schaffe ich es auf keinen Fall mehr voranzukommen, ohne meinen Durst zu stillen."

Sie kniet sich nieder und beugt sich vor zum kleinen Bach, bis sie mit ihrem Mund knapp über dem Wasser ist.

Sie taucht ihre Hand ins Wasser und trinkt aus der Handfläche, die sie zu einer kleinen Trinkmulde ein wenig angewinkelt hat.

Langsam in kleinen Schlucken nimmt sie das Wasser in ihren Körper auf.

Es schmeckt gut, ein wenig nach Wald und Moos, aber ansonsten gut.

Sie trinkt und spürt, wie gut ihr die Flüssigkeit tut.

Schluck um Schluck kehrt Lebensenergie zurück.

Jutta sieht nicht mehr, was sie trinkt.

Nacht ist eingekehrt im Wald.

Sie hat genug getrunken.

Ein Schlafplatz in unmittelbarer Nähe muss gefunden werden, den sie wahrscheinlich ertasten wird müssen, weil sich die Finsternis der Nacht im Wald ausgebreitet hat.

Jutta erfühlt mit ihren Händen die Beschaffenheit des Waldbodens, um einen trockenen und bequemen Platz für die Nacht zu finden.

Sie ist vollkommen orientierungslos und ihre Sichtweite gleich null.

Nach einer Weile haben sich ihre Augen einigermaßen an die Dunkelheit gewöhnt und so ist sie in der Lage wenigstens die unmittelbare Umgebung zu erfassen.

Unter einem Baum findet Jutta neben aus dem Boden herausragendem Wurzelwerk eine auf den ersten Blick geeignete Stelle. Trocken und größtenteils wind- und wettergeschützt.

Ein paar größere Blätter, mit denen sie sich zudeckt, sollen sie in ihrer Nacktheit unangreifbarer gegen ungebetene tierische Gäste und wetterbedingte Kälte oder Nässe machen.

Jutta hat sich unter den Blättern zusammengerollt.

Ihre Kopfschmerzen haben sich erheblich vermindert und auch die Platzwunde scheint sich für eine schmerzverminderte Genesung entschieden zu haben.

Sie lauscht in die Nacht und hört…. fast nichts.

Hie und da ein leises Knacken und das beruhigende Plätschern des kleinen Baches, der ihr heute sicherlich das Leben gerettet hat.

Ihre Gedanken schweifen durch den heutigen Tag.

„Da hätten wir als erstes eine Live-Doppelhinrichtung mit anschließender Flucht vor der eigenen Hinrichtung über Stock und Stein und Sturzflug mit Kopflandung inklusive Gehirnerschütterung und Platzwunde.

Dann Begegnung mit Karnickel und Frosch - beide ungeahnter Größe - und zum Abschluss nicht zu vergessen: Die nicht mehr ganz frische Teichleiche, mit der ich eine unbeabsichtigte Schwimmkollision haben durfte. Für den ersten Tag als freier Mensch in freier Wildbahn reicht das vollkommen aus."

Jutta dreht sich ein wenig und sieht von unten den Stamm entlang zur riesigen Baumkrone hinauf.

„Bis bald Mädels, bis bald Georg…und gute Nacht", flüstert sie, gähnt und schläft ein.

13.

Das Erste, was Jutta wahrnimmt, ist ein fremdartiger Geruch, scheußlich penetrant.

So gar nicht erdig, waldig oder moosig.

Es riecht nach Arztpraxis und Krankenhaus – steril und keimfrei.

Und außerdem ist da dieser monotone, aufdringliche Piep-Ton, den sie – gar nicht dezent – im Hintergrund registriert.

„Piep…………piep…………piep………piep………piep."

Sie macht die Augen auf…….

„Sie haben mich in eine Klapsmühle gesperrt", ist ihr erster Gedanke.

„Die Hühner haben mich im Wald gefunden. Sie wollen mich nicht fressen, sie wollen mich sezieren. Sie wollen mir mein Hirn raus schneiden, sie wollen herausfinden, warum ich nicht so bin wie die anderen Menschen, das andere Zuchtfleisch…

Sie wollen mir mein „Ich" nehmen, sie wollen dummes, gehorchendes, wohlschmeckendes Fleisch aus mir machen…"

Der Piep-Ton wird schneller.

Schon wieder diese Angst….

Schon wieder diese Panik….

„Piepiepiepiepiepiepiepiepiepieppiep!!!"

„Frau Hoffmann, Frau Hoffmann, bitte beruhigen Sie sich. Es ist alles in Ordnung. Ihr behandelnder Arzt – Herr Dr. Sperr – ist auf dem Weg und wird bald mit Ihnen sprechen, um weitere therapeutische Maßnahmen mit Ihnen abzuklären…"

„Gott sei Dank, ein normales menschliches Wesen", stellt Jutta beruhigt fest.

„….ich bin Schwester Linda und heute tagsüber für Sie zuständig. Sie befinden sich im städtischen Klinikum Aschberg. Wie mir aus Ihren Daten bekannt ist, wohnen Sie in unmittelbarer Nähe unserer Klinik. Wann immer Sie etwas brauchen, dann einfach den Klingelknopf ganz rechts auf Ihrem Bedienungs-Panel antippen. Auf diesem befindet sich auch die Fernbedienung für Ihr TV-Gerät, ein Radio und diverse andere Funktionen."

Der Piep-Ton – Juttas Herzfrequenz – hat sich wieder normalisiert.

„Und ich hab ein Einzelzimmer", flüstert Jutta.

„….ah, Herr Dr. Sperr. Frau Hoffmann ist gerade aufgewacht, war ein wenig aufgewühlt, hat sich aber schon wieder beruhigt. Sie rufen mich bei Bedarf.

Frau Hoffmann, Herr Doktor!"

Schwester Linda verlässt das Einzelzimmer.

„An wen erinnert mich bloß diese Schwester...

...Schwester Linda sieht aus wie.....

...wie....

...wie Ulla, ja, genau wie Ulla -

nur eine Generation älter.

Linda sieht aus, wie Ulla in meinem Alter aussehen könnte."

„Guten Morgen, Frau Hoffmann!

Wenn ich mich kurz vorstellen darf:

Mein Name ist Doktor Klaus Sperr, ich bin Leiter der neurologischen Abteilung an diesem Klinikum. Wie geht es Ihnen heute?", beginnt Dr. Sperr das Gespräch.

Jutta wird durch die Begrüßung des Arztes aus ihrem Personenabgleich gerissen.

„Ähh, Entschuldigung, Herr Doktor, ich war gerade völlig abwesend...."

„Kein Problem, Frau Hoffmann.

Wie geht es Ihnen?"

„Ich fühle mich schwach...

ausgelaugt,...

leer....

Aber physisch bin ich, glaub ich, O.K., wenn Sie das meinen...."

Schon als dieser Dr. Sperr das Zimmer betrat, musste Jutta sofort an Georg denken.

„Wieso, verdammt noch mal, sehen alle Menschen in diesem Krankenhaus aus wie meine Familie?"

Sperr sieht zwar ein wenig älter aus als Georg, könnte aber optisch durchaus als sein Bruder durchgehen.

„Aaaaahh!", entfährt es Jutta, als sie eine falsche Bewegung mit ihrer linken Schulter macht.

„Ja, Frau Hoffmann, das ist die Stelle, mit der Sie auf dem Asphalt aufgeprallt sind. Ansonsten ist der Sturz in Folge Ihrer Ohnmacht relativ glimpflich verlaufen. Sie haben eine leichte Prellung im Schulterbereich links, es ist aber nichts gebrochen.

Der Notarztwagen hat Sie gestern so gegen 13.00 Uhr ins Klinikum gebracht.

Sie haben vor dem Imbissstand beim Einkaufszentrum einen massiven – wahrscheinlich stressbedingten – Kreislaufzusammenbruch erlitten.

Wir vermuten in Ihrem Fall eine neurokardiogene Synkope. Dabei werden – durch einen Reflex vermittelt – die Blutgefäße erweitert, sowie die Herzfrequenz verringert. Der jeweilige Anteil dieser beiden Faktoren am daraus resultierenden Absinken des Blutdrucks und der verminderten Durchblutung des Gehirns ist von Patient zu Patient sehr unterschiedlich. Als auslösende Faktoren kommen emotionaler sowie kreislaufbedingter Stress oder auch Schreck, Schmerz, Lärm, etc. in Frage.

Aber das sollten und werden wir auf jeden Fall noch genauer abklären, Frau Hoffmann.

Ihre kleine Tochter..."

„Mein Gott, Lenchen, wie geht es ihr?...

Herr Doktor, ist alles in Ordnung mit Lena!!!?..."

Juttas Herzfrequenz beschleunigt rasant.

„Frau Hoffmann, es ist alles in Ordnung, beruhigen Sie sich, bitte, wieder.

Also Ihrer Tochter Lena geht es gut."

"Gott sei Dank…

Ich..."

Jutta kämpft mit ihren Tränen.

„Ich glaube, Herr Doktor….....

Ich glaube, ich verlier' den Verstand.

Ich hatte in letzter Zeit ungewöhnlich heftige, groteske Albträume…

und bevor ich ohnmächtig wurde, da hab' ich….

Nun ja,…..

Ich habe kleine, gegrillte Menschenkörper an den Grillspießen der Hühnerbraterei gesehen!"

„Frau Hoffmann, Sie machen auf mich einen sehr vernünftigen Eindruck und ein Zusammenbruch kann viele Ursachen haben.

Diese herauszufinden und – gemeinsam mit Ihnen – dementsprechende therapeutische Handlungen zu setzen, dazu sind wir da.

Nach den üblichen körperlichen Untersuchungen werden wir Sie auch neurologisch gründlich durchchecken:

Eine Computertomographie und ein EEG…

und Sie sollten versuchen, diese Träume psychologisch aufzuarbeiten.

Ich kann kurzfristig ein Erstgespräch bei unserem Psychotherapeuten im Haus vereinbaren. Sie brauchen jetzt nichts zu entscheiden, überlegen Sie in Ruhe und geben Sie mir oder der diensthabenden Schwester Bescheid.

Das wär's fürs Erste, Frau Hoffmann.

Ruhen Sie sich aus, erholen Sie sich!

Und jetzt habe ich noch eine Überraschung für Sie."

Doktor Sperr geht zur Zimmertür und öffnet sie.

„Herr Hoffmann, Sie können jetzt reinkommen!"

Er dreht sich noch einmal zu Jutta um.

„Bis demnächst, Frau Hoffmann!"

Ihr Puls steigt leicht, als Georg, Lena und auch Ulla zur Tür hereinkommen.

Lena rennt auf ihre Mutter zu.

„Au, Mama, wieso bist Du denn einfach umgefallen?

Warst Du tot?

Und geht's dir jetzt wieder besser, Mama?

Ich hab so geschrien, Mama…."

Die Kleine fällt ihrer Mutter um den Hals.

Juttas Augen werden feucht.

Tränen kullern über ihre Wangen.

„Hallo, meine kleine, tapfere Lena, mir geht es schon wieder besser."

Nachdem Lena ihre Mama-Umarmungsorgie beendet hat und nun seitlich auf dem Bett sitzt, wird Jutta auch von ihrer Älteren und Georg herzlich begrüßt.

„Erzähl mal, Jutta", nimmt Georg das Gespräch auf, „wie geht's dir?

Du hast uns Dreien einen ganz schönen Schrecken eingejagt, das kannst du uns glauben. Ruh dich 'mal richtig aus, Liebling.

Du brauchst dir um uns keine Sorgen machen, wir haben zuhause alles im Griff.

Ist doch so, Mädels?"

„Alles im Griff, Mama", meldet Lena leise.

„Aye, Aye, klar auf Kurs, Käpt'n Pa, alles klar Schiff, Käpt'n Ma.

Mach dir keinen Kopf, Mam, bitte, kurier' dich hier aus und denk mal nur an dich. Werd' gesund.

Wir werden Dich so oft besuchen, bis du uns rausschmeißt", grinst Ulla. Aber an ihrem Gesicht merkt man deutlich, dass sie sich große Sorgen um ihre Mutter macht, auch wenn das Mutter-Tochter-Verhältnis zuletzt nicht immer optimal war.

„Ich weiß gar nicht, was ich sagen soll......"

Juttas Augen werden wieder feucht. Sie versucht ein Weinen zu unterdrücken, was ihr nicht ganz gelingt.

„Ich bin so froh, dass ihr da seid. Dass ihr in meiner Nähe seid.

Kommt mal alle her, ich möchte euch fest drücken, umarmen, spüren,.....

Ich liebe Euch so sehr....."

Tränen fließen.

Lena, Ulla, Georg....alle genießen den innigen Körperkontakt und finden irgendwie Platz in Juttas unmittelbarer Nähe, ohne die Kabelkontakte des Herzüberwachungsgerätes stark zu belasten.

Jutta hält nichts mehr zurück, sie lässt ihren Emotionen freien Lauf. Es tut ihr gut, die Anspannung, den Stress, die Verarbeitung der Geschehnisse - auch ihre psychische Dauerüberforderung in diesem Zusammenhang – loszulassen.

„Was ist bloß mit mir los ", presst sie unter Tränen hervor.

„Mama, Mama, wein doch nicht", Lena streicht ihr zärtlich über die feuchte Wange, „wir passen alle auf dich auf, bis du wieder gesund bist, Mama."

„Ich weiß, ich weiß, Lenchen. Ich bin ja so stolz auf dich, auf euch alle."

Jutta tippt nacheinander sanft auf die Nasenspitzen ihrer Liebsten und wischt sich mit dem Handrücken die Tränen aus den Augen.

„Alles wird gut, Liebste", versucht Georg ein paar beruhigende, tröstende Worte.

„Ich werde wahrscheinlich morgen noch einmal gründlich neurologisch untersucht", beginnt Jutta leise, aber dennoch klar, die ihr bevorstehenden medizinischen Checks und Kontrollen zu erläutern.

„Also laut Doktor Sperr – mit dem habt ihr wahrscheinlich auch gesprochen – das volle Programm.

Sie stecken mich in eine Röhre und sie wollen meine Hirnaktivitäten messen, ein sogenanntes EEG. Das wird wahrscheinlich den ganzen Tag beanspruchen. Die Diagnose ist dann relativ bald abzurufen und wird dann gemeinsam mit Doktor Sperr besprochen.

Er hat mir auch noch einen Vorschlag bezüglich eines Erstgesprächs mit einem im Haus anwesenden Psychotherapeuten gemacht.

Diese Gesprächstherapie könnte dann ambulant fortgesetzt werden.

Ich werde mir das mit der Gesprächstherapie durch den Kopf gehen lassen, falls ich nach den ganzen Tomographien und Enzegraphien noch einen habe", beendet sie mit einem Anflug eines Lächelns ihre Ausführungen.

„Ja, Mama, pass bloß auf deinen Kopf auf, den brauchst du nämlich noch…und wir auch und den Rest von Dir auch, Mama. Alles. Wir brauchen dich im Ganzen, ganz dringend.

O.K., Mama?"

„Natürlich meine liebste Lena. Mama kommt gesund und in einem Stück mit allem Drum und Dran zurück, sobald wie möglich – versprochen."

„Auja, fein!", Lena drückt Jutta einen Kuss auf die Wange.

„Ja, Mam. Lass dich von oben bis unten durch röntgenisieren und updaten.

Ihr zwei könntet ja ein paar Liebes-Wellness-Tage in einem schicken Kurhotel dranhängen, würde eurer Beziehung sicher gut tun, wenn ich das so einwerfen darf, ihr zwei alten Eheleute….."

Jutta und Georg schließen sich dem breiten Grinsen von Ulla an.

„Mal nicht frech werden, meine vorlaute Göre.", erhebt Georg, noch mit einem Restgrinsen im Gesicht, Einspruch.

„Den Teil mit den „alten Eheleuten" hab' ich jetzt nicht gehört. Aber eigentlich ist das ein nicht mal so schlechter Vorschlag von deiner „ALTEN" Tochter."

14.

Jutta entfernt den Warmhaltedeckel von der Suppenschüssel, in der sich die Gemüsesuppe befindet. Eine klare Brühe mit mundgerechten Stücken von Karotte, Kartoffel, Kohlrabi und allerlei anderem Gemüse. Ein angenehm frischer, kulinarischer Gartengeruch macht sich in ihrer Nase breit. Sie nimmt den Löffel vom Tablett, rührt ein wenig lustlos in der warmen Flüssigkeit und führt eine halbe Löffelportion langsam zum Mund und testet mit den Lippen vorsichtig die Temperatur.

Die Grade befinden sich im schmerzlosen Bereich und auch vom Geschmackstest im Mundraum ist sie angenehm überrascht.

„Für Krankenhauskost fast eine kulinarische Offenbarung."

Jutta entschließt sich das Flachbild-TV-Gerät in Betrieb zu nehmen, kommt aber mit der Menüführung ihres Bedienungs-Panels nicht zurecht und drückt den Hilfeknopf zur Benachrichtigung der diensthabenden Schwester.

Schon nach kurzer Zeit öffnet sich die Zimmertür und Schwester Linda erscheint.

„Kann ich Ihnen irgendwie behilflich sein, Frau Hoffmann?"

„Nun ja, eigentlich schon, Schwester. Ich komme hier mit dieser Fernbedienung nicht ganz klar. Schau'n Sie mal, bitte, hier." Schwester Linda folgt ihren Aktionen auf dem Touchscreen.

„Seh'n Sie Schwester", setzt Jutta fort, "hier komme ich nicht weiter. Ich habe hier zwar ein TV-Logo, aber das bekomme ich nicht weg."

„Das können Sie nicht wissen, Frau Hoffmann. Sie müssen eine kurze Doppelberührung auf das TV-Logo des Schirms machen, dann öffnet sich das Menü zur Bedienung und die Steuerungstasten für Programmwechsel, Lautstärke etc. erscheinen. Auch der Aus-Knopf befindet sich in diesem Menü. Alles klar, Frau Hoffmann?"

„Vielen Dank, Schwester!"

„Kein Problem, aber, lassen Sie bitte Ihr Mittagessen nicht kalt werden. Ach ja, bevor ich's vergesse: Herr Doktor Sperr möchte später noch kurz die morgigen Termine mit Ihnen durchgehen. Ist das für Sie in Ordnung, Frau Hoffmann?"

„Das geht klar, Schwester, ich geh' heute nicht mehr außer Haus."

Jutta versucht ein Lächeln.

„Na dann, Frau Hoffmann, noch mal guten Appetit und ein wenig Entspannung mit dem TV-Programm und wenn's was gibt: Einfach rühren!"

Die Zimmertür schließt sich hinter Schwester Linda.

Jutta zapped ein wenig durch die unzähligen Programme und entscheidet sich für eine gerade laufende Tierdokumentation.

Sie löffelt die restliche Gemüsesuppe, stellt das Behältnis zur Seite und schiebt den Teller mit dem Hauptgericht in eine für sie bequeme Essposition vor sich hin.

Als sie auf den TV-Bildschirm schaut, läuft eine kurze Passage mit extremen Bildern einer industriellen Hühnerschlachtfabrik mit Groß-einblendungen des ankommenden Geflügels.

Sie muss sich fast zwingen wegzusehen, hebt gleichzeitig den Warmhaltedeckel vom Teller des Hauptgerichtes und auf dem Teller liegen zwei kleine gedünstete...

...M E N S C H E N B E I N E!!!

Fast im Affekt lässt Jutta den Deckel wieder auf den Teller fallen.

Abrupt beginnt ihr Herzschlag zu rasen, sie beginnt zu schwitzen.

Panik......

Die Herzrhythmuslinien auf dem Überwachungs-EKG spielen verrückt. Der automatische Alarm wird aktiviert und ein paar Sekunden später öffnet sich die Zimmertür und Schwester Linda kommt im Laufschritt herein.

„Frau Hoffmann, was ist passiert?", erkundigt sich die Schwester aufgeregt.

„Ich...ich weiß auch nicht....." Jutta fällt es schwer zu sprechen.

„Ich hab' mir den Bericht über die Hühner angesehen und....

und das....das Mittagessen...." Sie braucht eine Pause, jedes Wort zehrt an Juttas Energie.

„Ich wollte anfangen zu essen.... und hab' den Deckel, den Warmhaltedeckel, aufgehoben und...."

Sie spürt wie ihr die Kraft ausgeht.

„.... und da liegen....

da liegen ...

da liegen kleine gekochte...

Menschenbeine...

und dann auf einmal mein Herz."

Jutta hört auf zu reden.

„Beruhigen Sie sich, Frau Hoffmann, ganz ruhig. Sehen Sie her!"

Schwester Linda hebt den Deckel hoch und eine normale, gedünstete Hühnerbrust liegt auf dem Teller.

„Frau Hoffmann, Sie sind ja bis auf die Haut durchgeschwitzt. Ich werde gleich die Bettwäsche wechseln lassen."

Die Schwester stellt das restliche Mittagessen zum Abholen zur Seite, klappt auch die Speiseablage weg und schaltet das TV-Gerät ab.

„Ich werde die Dosis Ihrer Beruhigungsmedikation noch ein wenig erhöhen, Frau Hoffmann. Sie brauchen jetzt jede Menge Ruhe.

Kann ich Sie noch einen kleinen Moment alleine lassen?"

Jutta fühlt sich total ausgelaugt. Sie erinnert sich sofort an ihren ersten Hühneralbtraum. Dieselbe Energielosigkeit, dasselbe Herzrasen und auch derselbe massive Schweißflüssigkeitsverlust.

„Ja...", flüstert Jutta fast, „es geht schon wieder einigermaßen...

Entschuldigen Sie bitte die Umstände."

„Das macht überhaupt nichts, machen Sie sich keine Gedanken, Frau Hoffmann. Sie sollen bei uns gesund werden und sich während dieser Zeit wohl fühlen. Dafür sind WIR zuständig."

Schwester Linda verlässt den Raum und schon kurz danach betritt eine Hilfsschwester Juttas Krankenzimmer.

„Frau Hoffmann, ich bin Schwester Annemarie. Ich werde bei Ihnen jetzt die Bettwäsche wechseln. Fühlen Sie sich im Stande kurz aufzustehen und auf dem Stuhl Platz zu nehmen?"

„Ja...", haucht Jutta, „das schaff' ich gerade noch, vielen Dank...."

Jutta setzt sich ganz langsam auf, achtet dabei trotz ihrer Niedergeschlagenheit sorgfältig darauf, keinen der Herzfrequenzkontakte der Überwachung abzureißen.

Vorsichtig steigt sie aus dem Bett und setzt sich auf den Sessel, der daneben steht.

Eingeübt in täglicher Routine beginnt die Schwester mit dem Wechsel der Bettwäsche.

„Sie können auch kurz ins Bad Ihr Nachthemd wechseln, wenn Sie sich dazu in der Lage fühlen, Frau Hoffmann. Schwester Linda wird gleich kommen und Ihnen im Bedarfsfall kurz das EKG abhängen."

Wie auf Stichwort betritt Schwester Linda wieder Juttas Zimmer.

„Frau Hoffmann, wollen Sie sich im Bad frisch machen? Ich helfe Ihnen dabei."

„Ja", erwidert Jutta leise, aber deutlich, „das wär' mir schon recht, Schwester. Eine kurze Dusche würde mir gut tun. Vielen Dank!"

Schwester Annemarie hat inzwischen ihre Arbeit beendet und ist fast unbemerkt wieder aus dem Zimmer verschwunden.

Schwester Linda drückt einige Schalter am Überwachungsgerät und entfernt auch die Kontakte, die an Juttas Körper befestigt sind.

Jutta erhebt sich vorsichtig aus dem Sessel und bewegt sich langsam und bedächtig in Richtung des Badezimmers. Schwester Linda ist immer in ihrer unmittelbarer Nähe.

„Schwester, könnten Sie mir bitte ein frisches Nachthemd und einen Slip ins Badezimmer bringen. Das müsste sich noch in einer Reisetasche in meinem Kleiderschrank befinden."

Jutta öffnet die Badezimmertür.

„Ziemlich luxuriös", befindet Jutta auf den ersten Blick, „aber schließlich bin ich ja Privatpatientin...."

Eine große Badewanne, mit sehr stylischen Bedienarmaturen, auch in der Duschkabine, die mit großen Milchglaswänden abgegrenzt wird.

Die Wandflächen werden von großen Fliesen in hellen blau-grün-Tönen bedeckt.

Jutta zieht ihr Nachthemd und ihren Slip aus.

Nackt steht sie vor einem Ganzkörperspiegel.

Die Geschehnisse haben in erster Linie ihrer Psyche, aber auch ihrem optischen Erscheinungsbild, insbesondere ihrem Gesicht, zugesetzt.

Relativ dunkle Augenpartie, sehr blasser Teint – Auswirkungen ihrer Schlafstörungen.

Außerdem scheinen ein paar Kilos „weggeträumt" worden zu sein. Keine Frage, Jutta neigte nie zur Fettleibigkeit, aber diese weiblichen Rundungen, die ihre fast ins maskuline gehende Figur, doch sehr feminin wirken ließen, sind auf jeden Fall kleiner geworden.

„Mit ein wenig Schönheitsschlaf wird das wieder, Jutta", grinst sie ihr Spiegelbild an.

„Frau Hoffmann, kann ich Ihnen irgendwie helfen, kommen Sie klar?"

„Alles in Ordnung, Schwester Linda, wenn Sie mir die saubere Wäsche einfach reinlegen. Danke noch mal!"

Die Badezimmertür öffnet sich, als Jutta die Glasschiebetür der Duschkabine hinter sich zuzieht.

„Ich lege Ihnen Ihre frischen Sachen auf die Ablage neben das Waschbecken.

Es gibt auch in der Duschkabine einen Notfallknopf, falls Sie Hilfe brauchen..."

„Danke für die Info." Jutta dreht den modernen Designthermostat auf eine angenehme Temperatur und öffnet den Wasserfluss zum riesigen Duschkopf.

Sie hört im Hintergrund, wie Schwester Linda die Badezimmertür hinter sich schließt.

Der riesige Wasserstrahl löst ein unglaubliches Entspannungsgefühl in ihr aus.

Sie fühlt sich wie in einem wohl temperierten Sommerregen und versucht an nichts zu denken, sich von allen Problemen auszuklinken.

Zumindest im Augenblick.

Minutenlang genießt sie die körperwarmen Wassertropfenberührungen auf ihrer Haut. Sie seift sich ein und lässt den Wasserstrahl noch die letzten Seifenreste wegspülen, bevor sie das Wasser abdreht.

Jutta steigt aus der Duschkabine ins dampfende Badeareal und greift sich ein Badetuch. Auch als sie beim Abtrocknen ungewollt heftig die empfindlichste Stelle ihres Genitalbereiches berührt, spürt sie nicht die gleichen erregenden Gefühle und körperlichen Reaktionen, die Jutta von früher beim Streicheln dieser Zone gewohnt war.

Ihre letzten sexuellen Erlebnisse waren im wahrsten Sinn des Wortes albtraumhaft. Sie schrubbt ihren Kurzhaarschnitt trocken, schlüpft in ihren frischen Slip und zieht sich das bereitgelegte Nachthemd an.

Schwester Linda betritt, einen Infusionsständer neben sich herschiebend, das Krankenzimmer.

„Ich hoffe, Sie konnten sich unter der Dusche ein wenig entspannen, Frau Hoffmann. Unsere Körperpflegebereiche sind nach modernsten Standards eingerichtet und entsprechen den neuesten Erkenntnissen der Entspannungs-forschung in punkto Farb- und Formgestaltung", betreibt sie ein wenig Werbung in eigener Sache.

„Ja, Schwester, es hat mir sehr gut getan. Ich fühl' mich schon um einiges besser..."

„Das freut mich." Linda befestigt die EKG-Überwachungskontakte an Jutta. Der monotone, gleichmäßige Piep-Ton erwacht erneut zum Leben.

„Sie bekommen in den nächsten zwei Stunden ein Mittel zur Beruhigung verabreicht und anschließend ein Schlafmittel – für eine ruhige Nacht."

Linda befestigt die Kanüle und stellt geübt die Durchlaufgeschwindigkeit der Infusionslösung ein.

„Ach, ja, Frau Hoffmann, wenn ich Sie noch einmal an den heutigen Gesprächstermin mit Herrn Doktor Sperr erinnern darf, selbstverständlich nur, wenn Sie sich dazu imstande fühlen. Aber das können Sie dann spontan entscheiden. Ich lass' Sie jetzt wieder alleine, Frau Hoffmann. Einfach Knopf drücken, wenn's brennt!"

„Danke, Schwester Linda, alles klar", bestätigt Jutta leise den Empfang von Lindas Informationsschwall.

Die Schwester verlässt das Krankenzimmer.

„Ulla ginge glatt als Zwillingsschwester dieser Linda durch. Da wären Kinderfotos sehr interessant..."

Jutta starrt an die Decke.

„TV bleibt aus", sinniert sie, „sonst seh' ich beim Durchzappen noch mal einen Hühnerbericht und bin wieder auf Adrenalin pur.

...... das lass' ich lieber bleiben."

Es ist später Nachmittag. Das Klinikum Aschberg liegt am Stadtrand und Juttas Blick fällt durch die Panoramafensterreihe ihres Zimmers auf unbebaute Flächen, auf Wiesen und angrenzende Wälder. Eine fast kitschige Landidylle.

Sie lässt – ohne ihre Augen von dieser grünen Aussicht abzuwenden – die Geschehnisse der vergangenen Tage gedanklich noch einmal Revue passieren.

„Ich muss diese Gesprächstherapie bei Dr. - wie hieß er doch gleich ...Dr.. - Erlender, ja, Dr. Erlender, auf jeden Fall anfangen. Ich brauche eine Erklärung für diesen Energie raubenden Traumhokuspokus…

Ich muss wissen, was mit mir los ist.....“

Sie bemerkt, wie sich ihr Puls und somit das Piepen des Überwachungsgerätes wieder leicht beschleunigt und versucht an nichts zu denken.

15.

Die Tür zu Juttas Zimmer öffnet sich und sie wird abrupt aus ihren Gedanken gerissen. Doktor Sperr betritt den Raum.

„Guten Abend, Frau Hoffmann, ich hoffe, ich habe Sie nicht erschreckt...."

Jutta hat kein Klopfen gehört, aber wahrscheinlich war sie zu sehr mit sich selbst beschäftigt gewesen.

„..wie geht es Ihnen momentan?

Der Nachmittag verlief ja entgegen unseren medizinisch-therapeutischen Maßnahmen und Absichten relativ turbulent."

„Ja, Herr Doktor Sperr, es läuft halt nicht immer so, wie man es gerne hätte.

Ich glaube, eines der Bilder im TV hat in mir eine sehr heftige Reaktion ausgelöst. Aber eine Dusche und die Mittelchen in diesem Spender haben mich wieder einigermaßen runtergeholt."

„Frau Hoffmann, ich möchte mit Ihnen gerne den morgigen Tagesablauf durchgehen, schaffen Sie das?"

„Ich glaube, dass Sie es mir mitteilen werden, sollte ich mitten in Ihrer Erläuterung in eine Tiefschlafphase übergleiten."

Jutta lächelt den am Bettende stehenden Arzt an, der sich ein leichtes Grinsen ebenfalls nicht verkneifen kann. Erneut fällt ihr die Ähnlichkeit mit Georg auf.

„Humor hat eine sehr hohe therapeutische Wirkung. Es freut mich, dass Sie schon wieder lächeln können. Nun, ich konnte für morgen Vormittag kurzfristig einen Termin bei Dr. Erlender bezüglich eines Erstgesprächs für Sie fixieren. Der Termin ist für neun Uhr angesetzt und ich habe Ihnen den Rest des Vormittags freigelassen, so können Sie sich in aller Ruhe und ohne Druck auf das Gespräch mit Dr. Erlender konzentrieren. Sind Sie damit einverstanden, Frau Hoffmann?"

„Es freut mich, dass es so schnell geklappt hat. Natürlich werde ich morgen hingehen, letztendlich möchte ich ja selber wissen, was mit mir los ist.

Da kann ich jede kompetente Hilfe brauchen. Die Psyche ist ja sehr oft unbekanntes Terrain."

„OK, das hört sich schon mal gut an. Der morgige Nachmittagsablauf hängt natürlich von Ihren Ersteindrücken und Erfahrungen mit Dr. Erlender ab. Ich möchte Ihnen auf keinen Fall für einen Tag zu viel zumuten. Der EEG-Termin, von dem ich mir einiges erwarte, ist um 14 Uhr 30 angesetzt.

Aber, wie gesagt, ich möchte Ihnen auf keinen Fall zu viel auf einmal aufbürden. Sie sprechen morgen mit Dr. Erlender und entscheiden dann je nach

Verfassung kurzfristig, ob Sie den Nachmittagstermin noch wahrnehmen wollen. Ist das für Sie in Ordnung, Frau Hoffmann?"

„Das klingt sehr gut, Herr Doktor. Ich bin dabei. Ich fühle mich hier in guten Händen. "

„Ob dieser Patienten-Service, die ärztlichen Terminabsprachen und das geradezu perfekte Pflegepersonal bei einer Pflichtversicherten auch diesen hohen Standard hat?", fragt sich Jutta.

Sie ist jetzt froh, Nutznießerin ihrer Privatversicherung zu sein.

Jutta sieht ein kleines Licht am Horizont und hofft gleichzeitig auf ein befruchtendes, positives Arzt-Patienten-Verhältnis beim Gespräch mit Doktor Erlender.

„Sehr gut, Frau Hoffmann. Dann hätten wir ja eigentlich alles geklärt. Eine Schwester wird Sie morgen termingerecht abholen.

Wenn Sie sonst keine Anliegen mehr haben, Frau Hoffmann, dann darf ich mich für heute verabschieden und wünsche Ihnen eine angenehme, erholsame und ruhige Nacht!"

„Vielen Dank, Herr Doktor."

Dr. Sperr zeigt sein bestes Lächeln und blitzt Jutta mit seinen weißen Zahnreihen an, bevor er zur Tür geht und ihr Krankenzimmer verlässt.

Sie starrt lange die Tür an, die der Arzt hinter sich geschlossen hat.

Eigentlich könnte sie einfach gehen, das Krankenzimmer, das Klinikum hinter sich lassen. Irgendeinen Zettel unterschreiben – von wegen selbstverantwortliches Handeln usw. – sich von Georg abholen und nach Hause bringen lassen.

Nach Hause zu Lena und Ulla....

Sie spürt wie ihre Hoffnung, die beim Gespräch mit Sperr kurz, aber spürbar aufgekeimt war, wieder schwindet. Ihre Augen werden feucht.

Gerade mal ein Tag und ein paar Stunden sind seit ihrer Einlieferung vergangen.

„Was ist, wenn ich die Diagnose, die Wahrheit gar nicht vertrage, wenn ich sie eigentlich gar nicht hören will...? Wenn ich vielleicht eine lange Therapie benötige, stationär – man kann es auch „Wegsperren" nennen.

Weggesperrt und zugedröhnt...

bis ich wieder funktioniere.

Georg findet eine andere und die Mädels werden mich vergessen.

Wer will schon eine verrückte Frau, eine verrückte Mutter haben.

Bin ich verrückt? Nur weil ich ohnmächtig geworden bin?

Weil ich Albträume habe und Menschen am Grillspieß sehe?

Na ja, die meisten Verrückten halten sich selber keineswegs für verrückt..."

Jutta spürt einen leichten Anflug von

Kopfschmerzen. Sie muss sich wieder ausklinken aus diesem pessimistischen Gedankenstrudel. Das zieht sie unweigerlich nach unten und das kann sie jetzt auf keinen Fall brauchen.

16.

„Here is a little song I wrote, you might want to sing it note for note, don't worry, be happy..." ***

Jutta wird aus den Tiefen ihrer gedanklichen Ausflüge gerissen, kann aber spontan das Gehörte keiner Quelle zuordnen, da sie jedwede mediale Berieselung abgeschaltet hat.

Da fällt ihr plötzlich ein, dass Bobby McFerrin sie erst seit kurzem auf einen Anruf aufmerksam macht, wobei sie gleichzeitig schon ihre unmittelbare Umgebung nach ihrem Mobiltelefon absucht.

„...in every life we have some trouble..." ***

singt der dunkelhäutige Sorgenvertreiber weiter und wird von Jutta, die das Telefon in der obersten Schublade ihres Nachtkästchens findet, seiner Stimme entledigt.

„Ja, hallo?", meldet sie sich kraftlos, aber in Erwartung eines vielleicht aufmunternden Gesprächs.

„Hallo, Liebling. Ich wollte nur mal nachfragen, wie's Dir geht und ob es was Neues gibt?"

„Das ist lieb, Georg.

Alles klar mit den zwei Mädels?"

„Alles in Ordnung, mach dir keine Sorgen.

Lena ist kurz vor dem Sandmännchen und Ulla ist außer Haus, trifft sich mit ihrer Freundin.

Sie verkraften es eigentlich ganz gut.

Lena fragt öfter nach dir und wie es dir geht…"

„Das freut mich…"

Jutta fühlt sich nicht mehr so schlecht, das Gespräch tut ihr gut.

„Ich war total von den Socken, Jutta, als mich das Krankenhaus anrief und über die Umstände deiner Einlieferung aufklärte.

Jutta, ich weiß, dass ich unsere Beziehung in letzter Zeit ein wenig vernachlässigt habe. Ich hatte auch in der Firma viel um die Ohren, aber der berufliche Stress soll keine Entschuldigung sein.

Ich werde mein Engagement in der Firma dementsprechend reduzieren. Versprochen..."

Jutta kann sie nicht mehr hören, seine sich ewig wiederholenden Veränderungsbeteuerungen....

Weniger Arbeit…

mehr Familie….

Mehr Zeit mit Lena und Ulla

Mehr Zeit mit mir – seiner Frau….

…alles wird immer „gut"

...und was hat er geändert:

Genau nichts!

„Ich war ja selber überrascht, Georg.

Aus heiterem Himmel, ohne Vorwarnung.

Ich war nicht überarbeitet, ich hatte alles recht gut im Griff.

Im Hinterkopf spielte ich mit dem Gedanken beruflich wieder irgendetwas zu machen. Ich wollte mit dir meinen beruflichen Wiedereinstieg besprechen, Georg.

Aber du bist ja nie da..."

Jutta will schon hinzufügen, dass er schon längst „seine" Firma geheiratet hat, aber verkneift es sich doch.

„Ehrlich, Jutta, ich gelobe Besserung...", versucht Georg einen Einspruch, auf den sie nicht eingeht.

„Und dann kam dieser Traum - so real, das kann ich dir gar nicht beschreiben, als hätte ich ein zweites Leben:

Es war so …

ich weiß gar nicht, wie ich es beschreiben soll.....

bizarr, ja..."

„Ruhe ist jetzt das Allerbeste für dich, Jutta."

„Ich bin die Ruhe selbst, zumindest momentan. Laut meiner Medikation bin ich ein wandelndes, fleischgewordenes Beruhigungsmittel", beschreibt sie in gekünstelter Fröhlichkeit.

„Georg, ich...", versucht Jutta eine Erklärung. Das Belastende, alles Erdrückende wegzudrängen, den seelischen Kompressionsverband zu lösen.

Aber dieses Gefühl ist da, sobald sie nur daran denkt.

Juttas Augen werden feucht.

„Georg, ich brauch dich jetzt, dringender denn je...

ich…“, der Gürtel um ihre Seele lässt nicht locker, er drückt ihr die Tränen aus den Augen.

„Ich…bin…nicht...verrückt“, kommt es stockend aus Juttas Mund.

„Ich will nicht verrückt sein...“, die warmen Tränen lassen sich nicht mehr halten, fließen über Juttas Wangen.

„Ich will nur ein stinklangweiliges, normales Leben führen…

mit Lena, Ulla und mit dir, Georg...

Ja, Georg, immer noch mit dir.“

Es entsteht eine Pause, in der an beiden Leitungsenden geschwiegen wird.

„Es kommt alles wieder ins Lot, Jutta“, meldet sich Georg vorsichtig, „du kannst dich auf mich verlassen.

Lass dir helfen und setz' dich nicht unter Druck.“

Da ist sie wieder, die „Alles-wird-gut“-Platte mit Sprung.

„Ich hab' riesige Angst einzuschlafen, Georg. Angst in dieser anderen Welt aufzuwachen und für immer dort gefangen zu sein...

So real sind diese Träume!“

„Nimm bitte die professionelle Hilfe in Anspruch, Liebling, die man dir vor Ort im Klinikum bietet und vor allem, Jutta, gib dir selbst die Zeit, die du brauchst, wieder zu dir zu finden.“

Trotz aller Spannungen in letzter Zeit, tut es ihr gut, seine Stimme, seine Worte zu hören.

„Danke, Georg", haucht sie fast unhörbar ins Telefon.

Ihre Energielosigkeit schlägt sich auch auf ihre Stimme nieder.

Es klopft an der Tür und Schwester Linda betritt das Patientenzimmer.

„Machen wir Schluss. Ich bekomm' jetzt meine Mittelchen für die Nacht.

Ich danke dir...einfach, dass du da bist, Georg.

Und zwei Bussis für Lena und Ulla.

Gute Nacht!"

Jutta schmatzt noch zwei Küsse ins Telefon.

„Halt die Ohren steif, Liebling. Mach dir keine Sorgen. Ich wünsch dir eine ruhige Nacht und bis bald!"

Georg erwidert den Telefonkuss und beendet das Gespräch.

„Entschuldigung, Frau Hoffmann, dass ich hier so herein platze, aber ich bin ein wenig spät dran. Schließlich sollen Sie morgen ausgeruht zu Ihren Therapieterminen kommen."

„Kein Problem, Schwester."

Schwester Linda hantiert mit einer Infusionsflasche und hängt das flüssige Hypnoticum an die Kanüle von Jutta.

„Das ist ein relativ starkes und schnell wirkendes Schlafmittel.

Es wird Ihnen eine erholsame Nacht bereiten.
Ich werde Ihnen die Infusionsflasche noch abhängen, aber ich wünsche Ihnen jetzt schon eine angenehme Nachtruhe, Frau Hoffmann."
„Vielen Dank, Schwester Linda, gute Nacht."
Die Schwester dreht das Raumlicht ab und verlässt das Zimmer.
Nur mehr das monotone und regelmäßige „Piep" des Überwachungsgerätes, das Jutta schon nicht mehr wahrnimmt.
Ansonsten....
angenehme.................
dunkle........................
wattierte....................
alles dämpfende.........
alles verdrängende.....
wohltuende................
Ruhe...........................
„Piep...........................
Piep.......................Piep.....................
Piep.......................Piep.....................
..iep.........................iep.....................
..iep.........................iep.....................
...ep..........................ep.....................
...p...
.......................“

17.

Sie war aufgeregt wie eine Vierzehnjährige vor dem ersten Rendezvous.

Herzklopfen, und dieses eigentlich nicht definierbare, unglaublich angenehme Gefühl im Inneren, das etwas Wunderschönes ankündigt.

Etwas, das man im Grunde permanent spüren möchte, nach dem man sich immer sehnt, wenn es nicht da ist und von dem man genau fühlt, wenn es Besitz von einem ergriffen hat.

„Drrrrrrrrrrrrrr!"

Jutta konnte das Geräusch, das die Türglocke von sich gab, noch immer nicht ausstehen.

Pünktlich auf die Minute.

Sie betätigte den Haustüröffner und lauschte Georgs Schritten im Stiegenhaus.

Die Einladung kam ursprünglich von Georg, der angeboten hatte, sie abzuholen und sie auch noch selbst bekochen wollte.

Jutta fühlte sich geschmeichelt.

Sie hätte auch gerne die Kochkünste ihres Verehrers kennengelernt.

Aber sie wusste aus einem Bauchgefühl heraus, dass dieses gemeinsame Essen als Fundament für die Entwicklung ihrer Beziehung immens wichtig war.

Mit dieser inneren, weiblichen Intuition entwickelte sich im Laufe ihres Lebens ein intensives Verhältnis, das sie sehr zu schätzen gelernt hat.

Es durfte nichts schiefgehen.

Und was diesen Anspruch an sich selbst anging, konnte er sich am ehesten in Juttas eigenen vier Wänden erfüllen.

Also lehnte sie sein Angebot unter Aufbietung aller ihrer diplomatischen und rhetorischen Fähigkeiten ab und stellte darauf folgend ihre Einladung in einer Form in den Raum, die er nicht ablehnen konnte – und auch nicht ablehnte.

Es klopfte an der Wohnungstür.

Ein letzter Kontrollblick in den Garderobenspiegel:

Make up, Frisur, ein mittellanges, bordeauxrotes Sommerkleid – nicht zu streng und nicht zu freizügig, bequeme, zum Farbton des Kleides passende Sommerschuhe mit ein wenig Absatz und sogar an das Darunter hatte sie gedacht.

Ein Hauch von Seide in Rot ohne BH.

Sie öffnete die Tür.

Als Jutta ihn sah, war sämtliche Nervosität wie weggeblasen.

Sie fühlte sich geborgen und sicher in Georgs Nähe.

„Hallo, Jutta", strahlte er sie an.

„Hallo, Georg, …ist die etwa für mich", und meinte eine einzigartig schöne, langstielige, rote Rose, die Georg in der rechten Hand hielt.

„Entschuldige, natürlich...", antwortete er ein wenig verlegen.

Georg übergab ihr die dunkelrote Rose.

„Kommen Sie rein, Herr Rosenkavalier", sie verbeugte sich leicht und machte mit der rechten Hand eine Willkommensgeste.

Und als Georg die Türschwelle zur Wohnung überschritt, spürte sie genau, dass dieses männliche Wesen, ein ganz wichtiger — wenn nicht der wichtigste — Teil ihres nächsten Lebensabschnitts sein wird.

Die Gegenwart dieses Menschen machte sie glücklich und verlieh ihr ein unaufdringliches Gefühl der Sicherheit.

Er trug ein elegant sportliches Outfit, dunkle Jeans, schwarze Schuhe, graues Hemd und ein Sakko, ebenfalls in einem Grauton, Dreitagebart.

„Er sieht so verdammt gut aus", sagte sie leise zu sich selbst und kniff sich sanft in den Oberschenkel, nur um sicherzugehen, dass es sich nicht um einen Traum handelte.

„Hast du was gesagt, Jutta?"

„Nein, bitte, nimm Platz."

Jutta deutete auf den stilvoll gedeckten Esstisch, ein perfektes Arrangement – Ausdruck ihres Geschmacks und auch der Gefühle, die sie für diesen Mann empfand.

„Was hättest du denn gerne als Aperitif, Georg?"

Jutta stellte die langstielige Rose, die sie in einer schlanken Vase eingewässert hatte, seitlich auf den Esstisch.

„Einen Martini mit ein wenig Eis, wenn 's nicht zu umständlich ist."

„Kein Problem, wenn Sie sich ein wenig gedulden. Ich trink dann einen mit, wenn 's denn recht ist, Herr Hoffmann", grinste sie Georg neckisch an.

„Es wäre mir eine Ehre, Fräulein Hahner."

Jutta entschwand in Richtung Küchenecke, in der sie schon alle Vorbereitungen getroffen hatte und schenkte zwei Martinis in die mit Eis bewürfelten Gläser ein.

Sie wird zum Einstieg in die – hoffentlich nicht nur kulinarische – Zweisamkeit hauchdünn geschnittenen Parmaschinken mit Melonenstücken und etwas Weißbrot servieren. Dazu einen trockenen Roten, einen unverschämt guten Chianti, wie der Verkäufer in dem Weinladen mehrere Male beteuerte. Wobei Jutta das Wort "unverschämt" an der Kasse des Weingeschäftes noch einmal eindringlich bewusst wurde.

Anschließend gibt es ebenfalls einen italienischen Klassiker:

Spaghetti mit Jutta Hahner'scher Fleischsauce, Basilikum, ein wenig – oder auch ein wenig mehr – Knoblauch und natürlich Parmesan, dazu grünen Blattsalat.

Der Wein bleibt der gleiche, vorausgesetzt er entspricht den ihm verliehenen Qualitätskriterien.

Ansonsten hatte Jutta noch einen weiteren roten Trumpf aus demselben Laden im Ärmel - sprich im Küchenlager temperiert.

Für das kulinarische Rendezvousfinale stehen Eishimbeeren mit Mousse au Chocolat bereit.

Georg betrachtete die sehr moderne und kreative Tischdekoration.

Alles war sehr hell und in verschiedenen, frischen Grüntönen - mit ein paar gelben und orangen Einschlägen - gehalten.

Aber er konnte sich sehr schwer auf irgendetwas Anderes als auf Jutta konzentrieren, die sich mit ihrem dezenten und zugleich unaufdringlich weiblichen Outfit als Frau von instinktivem, selbstbewusstem Kleidungsgeschmack erwies.

Sie bewegte sich sehr elegant und Georg konnte sich weder ihren femininen Formen noch ihrem ganzheitlichen, weiblichen Charisma entziehen.

Und hatte auch keinesfalls die Absicht es zu tun.

Er genoss ihre Gegenwart und fühlte sich wohl und angezogen von dieser wunderbaren Frau.

„Hier, Herr Hoffmann, wie bestellt, der Martini mit ein wenig Eis, auch für meine Wenigkeit."

Sie setzte sich zu Georg und sah ihm lange und eindringlich in seine dunklen Augen.

„Danke, werte Dame, da fehlt doch nur noch ein passender, dem Anlass entsprechender Trinkspruch. Also, Frau Jutta Hahner, hast du einen parat oder soll ich...?"

„Lieber Georg Hoffmann oder besser:

Liebster Georg Hoffmann oder noch besser:

Liebster Georg oder am allerbesten:

Liebster", lacht sie ihn kokett und gleichzeitig mit einem Ausdruck, doch schon ein wenig zu weit gegangen zu sein, an.

„Also, lieber Georg, wir trinken darauf, dass dieses Abendessen nicht nur ein kulinarisches Erlebnis zu unser aller beider Zufriedenheit wird, sondern dass diese Zusammenkunft möglicherweise vielleicht sogar der Anfang von etwas ist, das ich – Jutta Hahner – momentan noch nicht imstande bin in seiner Gesamtheit zu erfassen …

Prost, Georg!"

„Schöner hätt' ich 's auch nicht sagen können, Liebste...Jutta...

Prost!"

Sie tranken beide einen großen Schluck vom eiskalten Aperitif und sahen sich dann lange in die Augen.

Die Gesichter näherten sich einander langsam an und Frau Hahner und Herr Hoffmann küssten sich.

Juttas Lippen wurden zart berührt, blieben geschlossen in der Gewissheit, dass dies nicht die letzte Berührung dieses Abends war.

„Ist der Martini also nach Ihrem Geschmack, Herr Georg?"

„Nicht nur der Martini, Frau Jutta", grinste er sie an.

Sie prosteten sich noch einmal zu und leerten die kalten Martinigläser.

„Dann lassen wir dem Anfangstrunk ein adäquates Essen folgen."

Jutta stand auf, um die Vorspeise und den Chianti zu holen.

Bei ihrem Gang in die Küche zeichnete sich unter dem bordeauxroten Kleid ihr wunderschön geformter Po ab.

Sie kam mit einem großen Tablett zurück, auf dem in sehr appetitanregender Art fein geschnittener Schinken in Abwechslung mit Melonenstücken in Würfelform angerichtet waren.

„Wärst Du so nett und würdest den Rotwein aufmachen, Georg?"

Jutta stellte das Tablett in der Mitte des Esstisches ab und reichte Georg die Weinflasche.

Er öffnete den Chianti gekonnt und ohne viel Aufhebens mit einem am Tisch liegenden Öffner. Dann goss er die dunkelrote Flüssigkeit in die beiden vorbereiteten Rotweingläser.

„Dann noch einmal, Prost, schöne Frau! Auf diesen Abend und natürlich auf uns!"

„Prost, schöner Mann!

Auf hier und jetzt und...auf uns!"

Die beiden sanft zusammenstoßenden Rotweinkelche erzeugten einen wunderschön hell und leicht klingenden Ton.

„Mahlzeit, Georg, lass es dir schmecken."

„Das werd' ich. Und noch mal danke für die Einladung."

Jutta sah Georg zu, wie er umständlich versuchte mit Messer und Gabel die hauchdünnen Schinkenportionen mit ein paar Melonenwürfeln vom Tablett auf seinen Teller zu hebeln, was ihm einige Male katastrophal misslang.

Sie lachte kurz auf ob dieser Beobachtung.

„Bevor du hier bei vollem Teller dem Hungertod zum Opfer fällst – immer tunlichst darauf bedacht, die Tischetikette zu wahren – kann ich dir ja helfen und dich vor dieser grausamen Todesart bewahren."

Grinsend nahm Jutta mit den Fingern zwei Schinkenscheiben, rollte sie gekonnt zusammen und steckte sie mit zwei Melonenstücken auf ihre Gabel.

„Aufpassen, Herr Hoffmann, die Rettung naht. Hier kommt die kulinarische „Erste Hilfe"-Portion. Mund auf!"

Sie schob langsam und vorsichtig die fleisch- und melonenbestückte Gabel in seinen Mund.

Und Georg genoss es sichtlich von diesem wunderschönen Wesen (weglassen!) auf diese sehr sinnliche Art und Weise vor dem Verhungern gerettet zu werden.

Etwas Baguette, das sie zärtlich in seinen halboffenen Mund steckte, schloss das Geschmacksrund ab.

„Dann werfe ich mal die äußerst störenden Benimmformeln über Bord – oder in diesem Fall besser gesagt unter den Tisch", sprach er mit halbvollem Parma- und Melonenmund, „und lege in punkto deiner kulinarischer Versorgung persönlich Hand an."

Georg griff sich ein Stück Parmafleisch und ließ es ein wenig über Juttas Kopf kreisen. Sie neigte ihren Kopf leicht nach hinten und das Fleisch glitt unter Zuhilfenahme ihrer Zunge in ihren Geschmacksraum.

Mittlerweile hatten beide die erotische Komponente ihrer gegenseitigen Nahrungszufuhr erkannt und setzten diese Art der Fremdfütterung ungehemmt fort.

Georg hatte ein Melonenstück zwischen Zeige- und Mittelfinger und stoppte kurz vor Juttas Mund.

Sie versuchte danach zu schnappen, doch er zog seine Hand immer wieder ein Stück zurück.

Doch dann ergriff sie seine Hand und hielt sie fest, um die Melone mit ihren Zähnen aus seiner Umklammerung zu ziehen, wobei sie mit ihrer Zunge lasziv den Melonensaft von seinen Fingern leckte.

Nachdem er einen großen Schluck vom äußerst delikaten Roten genommen hatte, nahm Georg mit den abgeleckten Fingern ein paar Parmaschinkenstücke vom Tablett und steckte sie zwischen seine Lippen.

Die hauchdünnen Fleischportionen hingen ihm lose aus dem Mund.

„Wenn du Hunger hast, dann hol es dir, liebe Fleischfresserin", forderte er Jutta mit offensichtlicher Sprechbehinderung auf.

„Da kannst du Gift drauf nehmen, dass ich mich nicht nur mit Melone begnüge!"

Sie beugte sich vor. Georg konnte in Juttas jetziger Position die Brustwarzen ihrer Brüste sehen – ein Beispiel dafür, was die Natur an Perfektion zu schaffen im Stande ist. Sie fixierte ihn angriffslustig, näherte sich mit offenem Mund und bissbereiten Zähnen dem Appetithappen zwischen Georgs Lippen. Sie erwischte den unteren Teil eines Schinkenstücks, zog – gewillt, es ihm aus den Lippen zu reißen – am Fleisch und erkannte, dass Georg sich selbst am Fleischstück festgebissen hatte.

Der größere Teil des Parmahappens war schon in ihrem Mund verschwunden und erst, als sie seine Lippen an den ihren spürte, lockerte er den Biss und das Schinkenteil konnte in ihren Mund gleiten. Wobei das Gleiten mehr ein Schieben war.

Ein Hineinschieben, ein zärtliches Eindringen von Georgs Zunge in Juttas Mundraum, wo sich die beiden Zungen jetzt einem speichelintensiven Leckspiel hingaben.

Die Lippen aufeinandergepresst – den Esstisch mit den darauf platzierten kulinarischen Resten und Dekorationen inzwischen zu einem Nebenschauplatz degradierend – glitten die beiden in heftiger Zweisamkeit ineinander verschlungen und miteinander in erotischer Geschäftigkeit versinkend zu Boden.

Das Atmen wurde heftiger und intensiver, ihre Lippen hatten sich voneinander gelöst und Georg schob Juttas bordeauxrotes Sommerkleid nach oben. Jutta zog es über ihren Kopf und warf es zur Seite, so dass es dem erotischen Treiben der beiden keinen Einhalt mehr gebieten konnte.

Georgs Zunge leckte und biss sanft an ihren Brustwarzen, schmiegte seine Lippen an ihrem Bauch entlang.

Er drückte ihre Knie auseinander, zog das Nichts von einem Slip zur Seite und liebkoste das feuchte, offene, hungrige Fleisch mit seiner Zunge.

Juttas Stöhnen wurde immer lauter.

Georg schob langsam und gefühlvoll seinen Mittelfinger in Jutta und massierte gleichzeitig den vor Erregung angeschwollenen Lustpunkt ihres Venushügels mit dem Daumen.

Er öffnete mit der unbeschäftigten Hand geschickt seine Hose und befreite seine pulsierende Erektion aus der Enge seines Slips und drang hart und voller sexueller Gier in Juttas, sich anbietende und geradezu um einen Fick bettelnde, feuchte Öffnung ein.

„Aaaaah!" stöhnte Jutta in den zweckentfremdeten Essensraum.

„Ah.....................,ah..............,ah......,ah....,ah..,ah.. , ah,ah,ah,ah,ah,....",wie eine sich beschleunigende akustische Bestätigung seiner penetrierenden Bewegungen steigerte sich Juttas Stöhnen.

Sie spürte ihn um sich, bei sich, an sich und.......in sich......

Georg konnte sich nicht mehr halten und spritzte all seine liebende Geilheit in Juttas fordernde, alles bekommende, feuchte, weit gespreizte Spalte.....

„AAAAAAAAAAAAAAAhhhhh,AAAAAAAAAA Ah,..."

„Aaaaaaaaaaaaaaaaaaaaaaaa....

Piep,....piep,.....piep,....piep,....piep,....piep............"

18.

„Piep.....................Piep.................................
.......................Piep...................,............
..........Piep..............................."
Ein sehr agiles „Ich wünsche Ihnen einen
wunderschönen Montagmorgen, Frau Hoffmann",
einer Tagesschwester drängt sich zwischen die
monotonen Geräusche des Überwachungsgerätes
und befördert Jutta abrupt in die Realität des
Krankenhausalltags des Klinikums Aschberg.
„Guten Morgen, Schwester", antwortet sie
schlaftrunken.
„Ich hoffe, Sie hatten eine angenehme Nacht. Ich
bin Schwester Irina und bin heute bis 19 Uhr 30
für Sie zuständig. Wenn Sie etwas benötigen,
einfach: Knopf drücken!"
Das sehr ausgeprägte „R" und auch der Rest des
Akzents deuten sehr stark auf eine osteuropäische
Herkunft von Schwester Irina, die das „Piep" des
Überwachungsgeräts abstellt und mit gekonnter
Routine die Verkabelung von Juttas Körper
entfernt.
„Danke, Schwester, wenn man die Umstände,
sowie die intravenös verabreichten

Pharmahelferlein berücksichtigt, habe ich sehr gut geschlafen.

Was ich noch positiv erwähnen muss:

Ich hatte ausnahmsweise einen absolut wunderschönen Traum.

Ach, Schwester, wann ist denn Frühstück?"

„Frühstückszeit ist bis spätestens acht Uhr dreißig, Frau Hoffmann, da wir zeitlich auch die Visite und die Therapietermine berücksichtigen müssen!"

Jutta vergisst immer, dass sie Privatpatientin ist und dies einige erhebliche Vorteile mit sich bringt, unter anderem die sehr variablen Zeiten der Essensaufnahme.

„Wie spät ist es denn jetzt?"

„Es ist jetzt genau 7 Uhr 51."

„Na, sagen wir so in fünfzehn, zwanzig Minuten? 8 Uhr können wir auch in den nächsten Tagen beibehalten, Schwester."

„Geht in Ordnung, ich notier' mir das und sag dann der Kollegin Bescheid wegen des Frühstücks, Frau Hoffmann."

„Perfekt. Um 9 Uhr habe ich einen Termin bei Dr. Erlender, da kann ich noch in Ruhe mein Frühstück vernichten.

Vielen Dank fürs Erste, ich bin mich dann kurz frisch machen, Schwester!"

„Keine Ursache, Frau Hoffmann. Aber - nicht vergessen - langsam aufstehen und seien Sie vorsichtig im Badezimmer. Ihr Kreislauf ist immer noch ein wenig instabil. Nichts überstürzen!"

„Ich werd' es mir zu Herzen nehmen, Schwester Irina."

Jutta hievt sich - wie angeraten – mit Bedacht in die Vertikale und steigt aus dem Bett.

Sie begibt sich mit frischer Unterwäsche, einer bequemen Trainingshose und einem weißen T-Shirt ins Badezimmer.

19.

Das Frühstück kommt pünktlich und ist für Juttas Geschmack fast zu viel des Guten:
Brot in sämtlichen Variationen, Schinken, Streichkäse, Scheibenkäse, Marmelade, Butter, Honig, Fruchtjoghurt, Obstsalat, Kaffee, Tee und auch zwei Eier, die aber unerklärlicherweise sofort ein relativ heftiges Übelkeitsgefühl in ihr auslösen und sie daraufhin die Hilfsschwester, die das Frühstück auch gebracht hatte, bittet, die Eier wieder mitzunehmen.
Abgesehen vom kleinen Eierzwischenfall, den Jutta auf ihre momentane psychische Verfassung zurückführt, kann man lediglich die überdimensionierte Portionierung bemängeln. Ansonsten gibt es qualitativ absolut nichts auszusetzen, Jutta würde der ganzen morgendlichen Mahlzeit sogar das Prädikat „Besonders empfehlenswert" verpassen.
In Begleitung von Schwester Irina befindet sie sich inzwischen auf dem Weg zum Erstgespräch mit Dr. Erlender.
Sie ist ein wenig aufgeregt, ihre Augen tasten sich die langen Gangwände entlang, die alle in weißen oder hellen Farben gehalten sind, wie übrigens die

Krankenhausgänge im Allgemeinen so aussehen, als gäbe es für die Gestaltung eben dieser weltweit nur einen Architekten.

Wortlos folgt Jutta Schwester Irina, die zielsicher Gänge, Lifte und Etagen ansteuert.

„Hoffentlich finde ich jemals wieder in mein Zimmer zurück", ist ihr bestimmender Gedanke, während sie von ihrem Klinikum-Scout Irina mit präziser, routinierter Ortskunde durch die ewig gleich aussehenden Gänge, Aufzüge, Stockwerke und Türen zu Juttas Neun-Uhr-Termin gelotst wird.

„Dr. ERLENDER Marlena" ist auf einem nüchternen weißen Schild neben der Eingangstür zur Ordination zu lesen.

„Interessant, eine Frau. Hat Dr. Sperr nicht erwähnt.

Ist mir persönlich vielleicht sogar lieber...

Eine Frau kann sich vielleicht besser in den Kopf einer anderen Frau hineinversetzen...

... als Laie gedacht", kommt Jutta spontan in den Sinn.

„Da wären wir, Frau Hoffmann." Schwester Irina öffnet die Ordinationstür und sie betreten einen sehr kleinen Warteraum.

„Guten Morgen, Maria!"

„Guten Morgen", werden die Ankommenden von einer weiteren Schwester hinter einem Empfangspult begrüßt.

„Wenn Sie bitte Platz nehmen wollen, Frau Hoffmann. Frau Dr. Erlender wird Sie dann zu Ihrem Termin hineinbitten", teilt ihr Schwester Maria in einem schon fast übertrieben freundlichen Umgangston mit.

„Keine Ursache, Schwester äääääääääh....Maria?"

Die Schwester nickt.

„Ob diese Freundlichkeit hier Standard ist, oder pusht auch hier mein Privatpatientenstatus das Dienstleistungsniveau?", fragt sich Jutta gedanklich.

Sie betrachtet die zwei Bilder, die an den weißen, freien Wänden des Anmelderaumes hängen.

Eine riesige, alte Linde auf einer sommerlichen Wiese, ein Fotodruck in einem hellgrünen Rahmen. Und eine lächelnde, alte Frau – ebenfalls ein vergrößertes Foto – die mit einer Vielzahl an Gesichtsfalten und wunderschön klaren Augen etwas unerklärbar Glückliches, eine innere Ausgeglichenheit, eine lebensfrohe Zuversicht - trotz ihres sichtlich hohen Alters - ausstrahlt....

„Frau Hoffmann?"

Jutta wird aus ihren Bildergedanken gerissen.

„Frau Jutta Hoffmann?...Doktor Marlena Erlender"

Eine Blondine um die vierzig mit einer sehr extravaganten, roten Hornbrille lächelt sie an und streckt ihr die Hand entgegen.

„Oh, entschuldigen Sie, Frau Doktor. Ihre Wandbilder haben mich ein wenig abdriften lassen. Äähhh... ja, ich bin der Neun-Uhr-Termin, Hoffmann Jutta", lächelt Jutta zurück.

Der Begrüßungshandschlag ist bestimmt, aber nicht zu fest.

„Das ist ja der Sinn der Sache, diese Bilder sollen ja etwas Entspannendes, Beruhigendes ausstrahlen. Bitte, kommen Sie mit mir, Frau Hoffmann."

Jutta, der Psychotherapeutin folgend, betritt einen hellen, auf den ersten Blick recht farbenfrohen Raum, der für eine Klinikumspraxis recht ordentlich dimensioniert ist. Eine große natürliche Lichtquelle – ein Fenster, das vom Fußboden fast bis zur Decke reicht – mit dem Ausblick auf das noch natürliche Umland von Aschberg, dominiert den Therapieraum.

„Bitte nehmen Sie Platz, Frau Hoffmann."

Jutta setzt sich auf ein cremefarbenes, äußerst bequem aussehendes Fauteuil, das schon nach kurzem Sitzen seinen optischen Eindruck bestätigt.

Frau Dr. Erlender nimmt auf dem zweiten Polstersessel mit etwas Abstand gegenüber Jutta Platz.

Links ein kleiner, gläserner Couchtisch mit einer wasserbefüllten Karaffe und zwei leeren Trinkgläsern.

„Wie geht es Ihnen denn momentan, Frau Hoffmann?", eröffnet die Ärztin mit einer Standardfrage das Gespräch.

„Ich bin ein wenig aufgeregt, aber ansonsten eigentlich relativ gut."

Die Therapeutin trägt eine ausgewaschene Bluejeans und ein hellblaues T-Shirt mit der Aufschrift „ALLES WIRD GUT!".

„Das freut mich. Ich habe Ihre Krankenakte gelesen. Eigentlich ein klassischer Fall von Überarbeitung und stressbedingter Überforderung. Bei Ihnen, Frau Hoffmann, spielen Ihre Träume eine sehr bestimmende Rolle, wobei ich eine meiner Hauptaufgaben darin sehe – gemeinsam mit Ihnen – den Grund dieser Dominanz herauszufinden. Diese Träume wurden von Ihnen außergewöhnlich realitätsnah erlebt – fast physisch DURCHlebt.

Und diese Traumwelt – bitte korrigieren Sie mich, Frau Hoffmann, wenn ich etwas Falsches sage – ist in einer, wie soll ich sagen, gesellschaftlich völlig anders strukturierten Welt angesiedelt.

Frau Hoffmann, fangen wir einmal damit an, dass Sie versuchen, Ihre Sicht der Dinge zu schildern. Ihre subjektiven Erfahrungen und Erlebnisse und auch Ihre daraus resultierenden seelisch-körperlichen Folgen. Einfach frei von der Leber weg, wenn ich das mal so salopp formulieren darf. Sie können alles sagen, Sie müssen aber nicht."

„Ich....ich weiß gar nicht wo ich anfangen soll, Frau Doktor...“

„Lassen Sie sich Zeit, Sie haben überhaupt keinen Druck, Frau Hoffmann“, wirkt die Therapeutin beruhigend auf Jutta ein.

„Also...das Erste, an das ich mich erinnern kann ist, dass mich eines dieser Wesen in Sicherheit gebracht hat...

Aber vielleicht sollte ich erst einmal das ganze Szenario beschreiben.

Das gesamte Umfeld, in dem sich meine Träume abgespielt haben.

Genaugenommen habe ich sie emotional und körperlich gelebt – eine zweite reale Existenz im Traum – zumindest für mich“, Jutta versucht ruhig zu bleiben und sich zu konzentrieren.

„Erzählen Sie so, wie Sie es für richtig halten. Wenn ich Fragen habe, dann unterbreche ich Sie kurz, Frau Hoffmann.“

„Ja, ist in Ordnung.

In meinen Träumen war nicht der Mensch die Spitze der evolutionären Entwicklung – die Krone der Schöpfung, wenn Sie so wollen – sondern, so unvorstellbar das klingt, das Geflügel, der Hahn und die Henne. Ansonsten würde ich die Parallelität zu meiner, unserer gewohnten Gesellschaft als relativ groß beschreiben, jetzt aus dem Ausschnitt betrachtet, den ich erlebt und durchlebt habe.“

Jutta gelingt es ganz gut, ruhig zu bleiben, trotz der aufwühlenden Erinnerungsbeschreibung.

„Die Hühner und Hähne", versucht die Therapeutin Juttas Erzählungen richtig einzuordnen, „sind jene Spezies, die quasi unsere führende Stellung, die des Menschen, eingenommen haben. Hab' ich das richtig verstanden, Frau Hoffmann?"

„Das ist korrekt. Na ja, um den Kreis jetzt zu schließen, sind wir – die menschliche Rasse – auf der Evolutionsstufe des Geflügels hängengeblieben...

...und auch auf ihre Größe „geschrumpft" - nicht nur körperlich, sondern auch intellektuell. Natürlich auch umgekehrt.

Ein Stufentausch auf der Evolutionstreppe.

Vom Mensch zum Nutztier und wieder retour.

Um zu meinen Träumen zurückzukommen:

Dieser Bauernhof, auf dem ich als dieses menschliche Hühnerwesen aufwachte, war ein kleiner Bauernhof eben. Man würde ihn vielleicht auf Grund seiner Größe als Nebenerwerbslandwirtschaft einstufen. Die Anzahl der – ich nenn' sie jetzt mal Menschenhühner – war überschaubar. An die genaue Zahl kann ich mich nicht erinnern.

Ich weiß auch nicht, ob eine Vermehrung stattfand. Ich habe zumindest persönlich keine Geburt gesehen. Aber es wurde für den Eigengebrauch geschlachtet.

Das hab ich miterlebt....."

Jutta macht eine Pause. Sie hat feuchte Hände, ihr Puls hat sich beschleunigt und sie bemüht sich kontrolliert ein- und auszuatmen.

„Ja, Frau Hoffmann, machen Sie eine Pause."

Doktor Erlender befüllt ein Glas vom Beistelltisch mit Wasser aus der Karaffe und reicht es Jutta.

Sie schließt automatisch die Augen und trinkt langsam, spürt wie sich ihre Emotionen wieder beruhigen, die Gefühlswellen wieder glätten.

Sie segelt wieder in ruhigem Erzählgewässer.

Jutta öffnet die Augen.

„Wo ...wo war ich stehengeblieben...?"

„Sie waren bei einer aufreibenden Erinnerung, Frau Hoffmann, aber Sie können auch mit weniger Belastendem fortfahren..."

„Nein, nein, Frau Doktor, ich möchte das schon so erzählen, wie ich es erlebt habe, das ist mir sehr wichtig!

Ich hab 's schon wieder – die Schlachtung.

Kann man ja auch schwer vergessen...

Mein erstes Erlebnis in diesem Traumszenario, an das ich mich bewusst erinnern kann, war das Erwachen auf dem Gelände eines Bauernhofes mit grotesk verkehrten Größenverhältnissen, wo mich eine Artgenossin am Arm packte und mich an einen anderen, vermeintlich sicheren Ort zerrte.

Zwei andere Hühnermenschen waren nicht schnell genug, sie wurden vom Hahn des Hofes in eine Art Transportnetz verfrachtet.

Dann...ja dann ist man eigentlich froh, wenn es schnell geht...."

Jutta trinkt noch einen großen Schluck und atmet tief durch.

„Ein Geflügelbauer – ungefähr so groß wie ein Mensch, wie wir ihn kennen – holt die unterentwickelten, kleinen Menschen aus dem Netz. Und dann läuft dieses Schlachtritual im Prinzip genauso ab, wie wir es von früheren Hausschlachtungen auf dem Bauernhof in Erinnerung haben. Man legt das zu schlachtende Wesen – in diesem, meinem erlebten Fall den freilaufenden Zuchtmenschen – auf einen abgesägten Baumstamm und dann wird ihnen mit einem Beil der....der Kopf...abgehackt.

Sie werden.......geköpft.

Anschließend hängt man die Leichen…

...die kleinen Menschenkörper...zum…

zum Ausbluten an eine Leine.

Der Juniorbauer darf übrigens auch schon Menschen schlachten.

Ich kann nicht sagen, wie viel von diesem Restkörper verarbeitet, ge...gegessen wird. Diesen Vorgang hab' ich niemals gesehen..."

Jutta hat jegliches Zeitgefühl durch diese aufwühlenden Erinnerungen verloren.

Ihre Armbanduhr hat sie auf ihrem Zimmer vergessen und in der Praxis kann sie keine Wanduhr oder ähnliches entdecken.

„Frau Hoffmann, ich sehe, wie anstrengend diese ganzen Schilderungen sind. Die sehr lebhafte Konfrontation mit Ihren Traumerlebnissen. In diesem Kontext kann man ruhig von einer traumaähnlichen Erfahrung sprechen.

Geht es für Sie in Ordnung, Frau Hoffmann, wenn wir jetzt ein paar Minuten Pause machen?"

„Das ist mir sehr recht, Frau Doktor Erlender. Ich muss doch noch ein wenig haushalten mit meinen Ressourcen. Ich habe wirklich unterschätzt, wie viel Kraft das kostet..."

„Sie durchleben Ihre Erinnerung mit jedem Wort, Frau Hoffmann, das ist offensichtlich. Darum möchte ich diesen Teil für heute abschließen.

Ich werde Ihnen anschließend ein paar ganz aktuelle Ergebnisse der Traumforschung näherbringen und Sie grundsätzlich über verschiedene Arten des Traumes informieren.

Wenn Sie mich für einen kurzen Moment entschuldigen, ich bin gleich wieder bei Ihnen, Frau Hoffmann."

Die Therapeutin steht auf und verlässt das Behandlungszimmer.

Jutta schließt ihre Augen und versucht ein wenig Leere in ihren Kopf fließen zu lassen, ihr Gehirn frei zu machen....an nichts zu denken.

Vor ihren geschlossenen Augen taucht blauer, endloser Himmel auf.

Wolkenlos...

fast...

In der Ferne etwas, das langsam näher kommt und auf Juttas Augenpaar – auf ihren virtuellen Standort – zutreibt.

Das unförmige, weiße Gebilde bekommt langsam Konturen.

Erste Linien werden sichtbar, erste Teilbereiche erkennbar.

Wie ein riesiges Watteluftschiff schwimmt es im Meer des Sauer- und Stickstoffgemisches.

Im Blau des Himmels nimmt es Kurs auf Jutta.

Mit behäbiger Konsequenz.

Sie kann es noch immer nicht als etwas definieren.

„Unidentified flying object...", flackert ein Gedanke kurz auf.

Linien verbinden sich.

Teile fügen sich zu einem Großen zusammen.

Es sieht aus wie...

wie ein überdimensionaler...Schnabel.

Ein gigantischer Hühnerkopf fließt im Himmelblau unaufhaltsam auf Jutta zu.

...und aus dem Schnabel hängen Reste.

Reste eines menschlichen...

Skeletts...!

20.

Die Tür des Therapieraumes öffnet sich.

„So, da bin ich wieder, Frau Hoffmann."

Jutta macht die Augen auf, wird aus ihren Wolkenfantasien gerissen.

„Ist alles in Ordnung, Frau Hoffmann, geht es Ihnen gut?"

Dr. Erlender bemerkt die momentane Verwirrtheit ihrer Patientin.

„Alles...

alles in Ordnung.

Ich war...ich war nur gerade in Gedanken...

Das abrupte Öffnen der Tür hat mich ein wenig erschrocken, weil ich ein wenig...

ein wenig weggetreten war.

Es ist alles im Lot, Frau Doktor."

„Hat die wieder eintretende Frau Doktor Erlender gerade einen Hühnerkopf auf ihrem Hals?" Für ein paar Momente presst Jutta noch einmal die Augen fest zu.

Augen auf – und:

Gott sei Dank, hinter der roten Hornbrille unverkennbar das attraktive Gesicht ihrer Psychotherapeutin.

„Wir können gerne unsere Sitzung für heute beschließen und einen späteren Termin festlegen, Frau Hoffmann. Ich möchte Sie nicht unnötigerweise überanstrengen."

„Nein, nein, Frau Doktor Erlender, das ist kein Problem. Das schaffe ich. Ich wollte aufgrund meiner Albträume selber mehr über diese Thematik herausfinden, aber dazu ist es nicht mehr gekommen. Jetzt bin ich gespannt auf die Ausführungen einer Fachfrau."

„O.K, Frau Hoffmann, wir wissen, dass Sie mit Ihrer Energie haushalten müssen, deshalb möchte ich die heutige Sitzung nicht mehr zu lange ausdehnen.

Gut..., wenn Sie irgendwelche Fragen haben oder etwas unklar ist, bitte unterbrechen Sie mich sofort. Auch wenn Sie in meinen Ausführungen irgendwelche Parallelen zu Ihren Traumerlebnissen entdecken.

So eine Therapie ist wie ein Maßanzug für die Psyche. Ein Einzelstück, das nur für eine Person gefertigt ist. Sie ermöglichen mir sozusagen den Zugang zu Ihren Maßen – um bei diesem Bild zu bleiben – und ich designe dann Ihre ganz persönliche Therapie. Darum ist eine enge Zusammenarbeit mit dem Patienten und seine nahe Einbeziehung unbedingte Voraussetzung für eine erfolgreiche Therapie beziehungsweise ein positives Ergebnis, mit dem Sie auch langfristig leben können.

Soweit alles klar, Frau Hoffmann?"

„Bin gespannt..."

„Also ein paar grundsätzliche Erklärungen und wissenschaftliche Definitionen vorweg:

Sollte ich, so wie es bei uns Gehirnforschern manchmal vorkommt, zu sehr ins Detail gehen, bremsen Sie mich bitte", grinst die Frau Doktor und fährt fort, „der Traum oder Traum-Bericht ist eine Erinnerung an die während des Schlafes stattfindende psychische Aktivität. Der Begriff „psychische Aktivität" ist ein Kunstwort und soll verdeutlichen, dass das Träumen ein ganzheitliches Erleben darstellt, mit Sinneseindrücken, Gefühlen und Gedanken.

Das heißt, dass wir uns im Traum genauso erleben, wie im Wachzustand. Also, Frau Hoffmann, rein wissenschaftlich gesehen sind Ihre Träume vorerst etwas ganz Normales.

Jeder Mensch träumt mehrfach pro Nacht. Der Traum gehört zum Schlaf und der Schlaf gehört zum Leben."

Jetzt spürt Jutta förmlich die Begeisterung für Doktor Erlenders Fachgebiet.

„Es gibt verschiedene Arten von Träumen.

Da wären zum Beispiel der Einschlaftraum oder NonREM- und REM-Traum, in diese Gruppe fällt zu einem hohen Prozentsatz der Albtraum. Weiters der sogenannte Wach- oder Tagtraum, dessen Handlungen und Abläufe im wachen Bewusstseinszustand erlebt werden.

Dieses Traumgeschehen wird entweder willentlich herbeigeführt oder entfaltet sich durch Nachlassen der Konzentration, wobei es zu einer Aufmerksamkeitsverlagerung von außen nach innen kommt, will heißen:

Sukzessives Nachlassen der äußeren Einflüsse und Reize, Zunahme und Dominanz der inneren Traumwelt.

Man kann es auch Wunschtraum nennen. Ein oftmaliges Beschäftigen und intensives Herbeisehnen eines gewünschten Zustandes kann durchaus auch zum unkontrollierten Wechsel in diesen besagten Wachtraum-Bewusstseinszustand führen."

Sie nimmt einen kleinen Schluck Wasser aus dem vor ihr stehenden halbvollen Glas und setzt ihre Ausführungen fort.

„REM ist eine Abkürzung für eine Schlafphase, in der sich die Augäpfel sehr schnell bewegen, sehr aktiv sind. Daher R E M – Rapid Eye Movement – schnelle Augenbewegung.

NonREM ist eine inaktive Augenbewegungs-Schlafphase.

Über 80% aller Probanden eines Schlaflabors erzählten lebhafte und bilderreiche REM-Schlaf-Träume. Nach dem Wecken aus dem NonREM-

Schlaf wurde dagegen selten ein Traum berichtet. Einschlafträume sind meistens die Fortsetzungen der Gedanken beim Einschlafen, haben auch manchmal einen bizarren Charakter, jedoch vergisst man sie in der Regel. Und jetzt zu Ihren Träumen, Frau Hoffmann.

Albträume sind REM-Träume, bei denen der stark negative Affekt zum Erwachen führt. Albträume kommen bei zehn bis fünfzig Prozent aller Kinder und bei einem bis fünf Prozent der Erwachsenen vor. Sie sind also nicht allein, liebe Frau Hoffmann, und es gibt heutzutage gute Behandlungsmethoden, zu denen ich am Schluss kommen werde.

Interessanterweise hat man herausgefunden, dass nicht nur wir Menschen träumen, sondern auch warmblütige Säugetiere und Vögel."

Jutta hat konzentriert und aufmerksam zugehört, doch bei der letzten und eigentlich eher als Bonussatz gedachten Anmerkung von Dr. Erlender – beim Stichwort Vögel – wird sie förmlich elektrisiert. Puls und Atemfrequenz steigen und die gesamte Farbe ist aus ihrem Gesicht gewichen – sie ist bleich, was auch Doktor Erlender nicht verborgen bleibt.

„Frau Hoffmann, ist alles in Ordnung? Sie sind ja weiß wie eine Wand", stellt Frau Erlender besorgt fest, „trinken Sie einen Schluck!"

„Äh...was? Ja..., trinken, vergess' ich immer,..."

Jutta greift zu ihrem Glas, nimmt einen kräftigen Schluck und sofort kehrt etwas Farbe in ihr Gesicht zurück.

„Es geht wieder. Ich glaube, es war nicht nur die fehlende Flüssigkeitszufuhr.

Irgendetwas in Ihren Ausführungen hat mich spontan in Panik versetzt, ich kann mir das selbst nicht erklären…

Aber bitte, Frau Doktor, machen Sie weiter.

Sie sprachen, glaube ich, von guten Behandlungsmethoden."

„Nun", fährt Frau Dr. Erlender professionell, aber doch etwas beunruhigt, fort, „man unterscheidet bei der Behandlung zwei Therapieansätze: Konfrontation und Umdeutung. Neuere Untersuchungen deuten darauf hin, dass der zweite Behandlungsansatz schneller zu Ergebnissen führt, wobei der negative Inhalt des Traums in der Vorstellung positiv umgeschrieben wird. Die Betroffenen müssen den Traum aufschreiben und dann so verändern, dass er nicht mehr belastend ist. Sie müssen die zweite Geschichte dabei täglich imaginieren – also sich vorstellen - und so lange die neuen Gedächtnispfade einüben, bis das Gehirn die neue Version automatisch abspult. Die Häufigkeit von Albträumen nimmt nach einer gezielten Therapie innerhalb von vier Wochen deutlich ab und dieser Erfolg bleibt auch in den darauffolgenden drei Monaten stabil, während sich das Ausmaß von Angst, Depression, Stress und Anspannung nachweisbar verringert.

Diese Behandlungsmethode würden wir in der nächsten Sitzung beginnen. In der Anfangsphase wäre es sinnvoll, dass Sie stationär anwesend sind, um das tägliche Aufschreiben der Träume und, entschuldigen Sie mir den Ausdruck, das Einimpfen des geänderten Traumes zu üben und zu automatisieren. Je nach Behandlungsablauf beziehungsweise Behandlungserfolg ist später ein stationärer Aufenthalt nicht mehr notwendig.

Was halten Sie davon, Frau Hoffmann?"

Jutta hat zwar interessiert und relativ konzentriert zugehört, kann sich jedoch gedanklich nicht vom kurz angeschnittenen Reizthema der Tier- bzw. Vogelträume lösen.

"Entschuldigen Sie, Frau Doktor, wenn ich in Ihrem Vortrag ein wenig zurückgehe und das Randthema Tierträume anschneide. Kann man feststellen, oder besser gesagt hat man festgestellt, was Tiere träumen? Oder kann man sagen, ob Tiere auch diese REM-Träume, Alpträume oder Einschlafträume haben?", entgegnet sie, ohne auf die Frage der Doktorin zu antworten.

„Kein Problem, Frau Hoffmann. Ich weiß zwar nicht, warum Sie gerade dieses Thema so interessiert, aber hier kann ich Ihnen leider nur bedingt weiterhelfen. Ich weiß nicht, wie der aktuelle Stand der Forschungen ist. Ich habe nur vor einiger Zeit mal gelesen, dass sich mit steigender Intelligenz auch die Komplexität des Tiertraumes erhöht. Dies geht scheinbar aus EEG-Aufzeichnungen hervor. Aber mehr kann ich Ihnen dazu auch nicht sagen, es tut mir leid."

„Das ist schon in Ordnung, Frau Doktor Erlender."

„Nun ja, Frau Hoffmann, um auf eine etwaige therapeutische Zusammenarbeit zurückzukommen, wie sieht's aus?"

„Ich äähhh, ich weiß noch nicht, Frau Doktor."

Jutta sucht verlegen nach einer Antwort.

„Sie müssen überhaupt nichts sofort entscheiden. Überlegen Sie in Ruhe und geben Sie mir bitte bis übermorgen, Mittwoch, Bescheid. Lassen Sie sich die Ersteindrücke unseres Gesprächs noch einmal durch den Kopf gehen und hören Sie auch auf Ihr Bauchgefühl.

Also, es würde mich freuen, bald von Ihnen zu hören – unabhängig von Ihrer Entscheidung. Ich wünsche Ihnen weiterhin einen angenehmen und erholsamen Aufenthalt in unserer Klinik. Auf Wiedersehen und alles Gute, Frau Hoffmann!"

Frau Doktor Erlender reicht Jutta ihre Hand.

„Ja, danke, auch für die rasche und unkomplizierte Ermöglichung dieses Gesprächs und ich melde mich.

Auf jeden Fall.

Auf Wiedersehen und nochmals herzlichen Dank, Frau Doktor."

Jutta steht auf und setzt gerade an, sich umzudrehen und zu gehen, da fällt ihr noch etwas ein. Eine vielleicht total aus dem Zusammenhang gerissene Frage – oder auch nicht. Aber sie muss sie unbedingt stellen.

„Sagen Sie, Frau Doktor, ich habe da noch eine Frage. Möglicherweise hat sie gar nichts mit alldem hier zu tun, aber ich brauche Ihre Antwort als Expertin. Auch wenn es vielleicht nicht Ihr Fachgebiet ist …"

„Schießen Sie los, Frau Hoffmann!"

„Äh, kann ein Schlag auf den Kopf – eine massive Gewalteinwirkung auf den Schädel, durch was auch immer – eine Intelligenz- beziehungsweise eine Wesensveränderung verursachen?", fragt Jutta gespannt.

„Da wäre vielleicht Kollege Dr. Sperr der bessere Ansprechpartner", beginnt Dr. Erlender, ob der Frage ein wenig überrascht, „meines Wissens gibt es solche Fälle. Ein starker Schlag auf diverse Regionen des Schädels und ungenutzte Gehirnabschnitte werden aktiviert. Diese Personen haben in Folge zum Beispiel überdurchschnittlich hohe mathematische oder künstlerische Fähigkeiten, womit auch oft eine Wesensänderung einhergehen kann. Aber soviel ich weiß, ist eher der umgekehrte Fall die Regel, also überwiegend negative Auswirkungen eines Schlages auf den

Kopf. Wie gesagt, hier würde ich eher neurologische Fachauskunft einholen.."

„Danke nochmal für alles, Frau Doktor Erlender, auch für den Tipp."

„Keine Ursache, Frau Hoffmann. Übrigens, Ihre Begleitung wartet auch schon, um Sie wieder in Ihr Zimmer zu navigieren. Alles Gute und Sie melden sich!"

„Natürlich, alles klar."

Die Therapeutin reicht Jutta die Hand zum Abschied und öffnet anschließend die Tür zum Warteraum.

Schwester Irina steht am Anmeldeschalter.

Sie verlassen die Praxis und machen sich auf den Rückweg.

Wortlos in Gedanken versunken, folgt Jutta der Schwester, die sie vollkommen zielsicher in ihr Zimmer lotst. Höchstwahrscheinlich würde die Krankenschwester den Weg auch mit verbundenen Augen finden.

„Eigentlich nicht unsympathisch, diese Frau Doktor Erlender", lässt sie ihre Gedanken schweifen, „aber ich hab' ja noch Zeit bis Mitte der Woche. Bloß nichts überstürzen, Jutta..."

Als Jutta zufällig in einem dieser langen, lichtdurchfluteten Gänge aus einem großen Panoramafenster schaut, fährt gerade ein Lieferanten-LKW Richtung Pforte.

„Meier's Bio-Landhühner – natürlich gut" ist in riesigen Buchstaben auf dem Laderaum des Kühllasters zu lesen. Daneben ein scheinbar glückliches Huhn auf grüner Wiese – die Sonne scheint vom blauen Himmel. Perfekt inszeniertes Werbesujet der schönen heilen Bauernwelt.

„Die Menschen wollen belogen werden", sagt Jutta leise vor sich hin, in einer Lautstärke, der sie sich selbst nicht bewusst ist.

„Beule...Beule am Kopf....

Jetzt fällt's mir wieder ein."

Plötzlich hat Jutta das Bild von der Mondscheinnacht in der anderen Wirklichkeit – in der Alptraumwelt auf dem kleinen Bauernhof – wieder vor sich.

..Ich hatte eine Beule am Kopf, die sich bei Mondlicht in der Glasscherbe spiegelte..."

Der Hühner-LKW hat längst das Krankenhaus-gelände verlassen und beglückt den nächsten Großkunden mit seinen „natürlich guten" Bio-Landhühnern.

„Haben Sie was gesagt, Frau Hoffmann?", meldet sich Schwester Irina zu Wort.

„Nein, nein, Schwester, ich habe nur laut gedacht. Ein Thema, das mich anscheinend nicht mehr loslässt...", fügt Jutta hinzu.

„Ich hoffe, Sie haben ein wenig Appetit. Das Mittagsmenü steht in Kürze auf Ihrem Zimmer.

Wenn Sie noch besondere Wünsche bezüglich des Essens haben, kann ich sie jetzt noch weiterleiten."

„Eigentlich nicht, wenn 's nur kein Hühnchen ist - falls sich das noch einrichten lässt."

„Soweit ich informiert bin, gibt's heute kein Geflügel, Frau Hoffmann. Da Sie keinen speziellen Wunsch geäußert haben, wird das Standardmenü serviert. Also eine Knoblauchcremesuppe und als Hauptgang Kaiserschmarren mit Apfelkompott."

„Das klingt vorzüglich, Schwester."

„Ach, ich soll noch an Ihren heutigen Nachmittagstermin bei Doktor Sperr um 14 Uhr 30 erinnern. Ich hole Sie dann zeitgerecht ab, Frau Hoffmann."

„Danke, einwandfreies Service.

Hey, die Tür kommt mir bekannt vor, Schwester.

Wir sind ja schon da - "Zuhause" sozusagen."

Jutta öffnet die Tür zu ihrem Zimmer und fühlt sich ein klein wenig so wie zuvor geäußert: Ein bisschen Zuhause.

„Frau Hoffmann, das Essen wird gleich kommen. Ich wünsche Ihnen guten Appetit und werde Sie so gegen 14 Uhr abholen."

„Nochmals ein Dankeschön für Begleitung und Navigation und ebenfalls Mahlzeit, Schwester Irina!"

Die Zimmertür schließt sich hinter der Krankenschwester. Jutta ist alleine. Sie blickt aus dem großen Panoramafenster auf den breiten

Wald- und Wiesengürtel am Stadtrand von Aschberg.

„Vielleicht bin ICH der Traum, vielleicht bin ICH die Einbildung, vielleicht existiere ich und diese gesamte Welt um mich herum nur im Kopf – im Traum – von irgendwem. Ich bin die programmierte Schlafsequenz, der REM Traum. Wer träumt mich?

Wer will mich träumen?"

Jutta fixiert eine riesige Linde, die allein auf einer kleinen Anhöhe steht.

„...und noch was ist eigenartig:

Seit ich in diesem Klinikum bin, hab' ich noch keinen einzigen anderen Patienten gesehen, auch während dieses Halbmarathons durch die endlosen Gänge auf dem Weg zu Dr. Erlender – nur Schwestern, Pfleger, Putzfrauen und Mediziner...irgendwie komisch."

Ein kurzes Klopfen – Juttas Gedankenblase platzt – das Mittagessen wird herein geschoben.

„Guten Tag, Frau Hoffmann!

Soll ich 's auf den Tisch stellen?"

Jutta nickt kurz.

„Dann wünsche ich Ihnen guten Appetit!"

Hilfsschwester Annemarie stellt die Essensliefe-rung auf den Tisch und verschwindet wieder aus Juttas Zimmer.

21.

Als Jutta den ersten Löffel der Knoblauchsuppe im Mund hat, meldet sich Bobby McFerrin mit seinem Aufruf zum Glücklichsein aus dem Telefon. Hastig schluckt sie die relativ heiße Flüssigkeit.

„Hallo?", meldet sie sich, noch immer mit den Nachwirkungen der Suppentemperatur kämpfend.

„Hallo, Liebling! Wie geht 's dir denn?", fragt eine ihr sehr vertraute Stimme.

„Das freut mich aber, Georg. Es tut mir so gut, deine Stimme zu hören.

Wie geht's denn unseren beiden Mädels?"

„Wir haben noch lange über dich und deine momentane Situation gesprochen. Das hat den beiden, speziell der Kleinen, glaube ich, ganz gut getan.

Du fehlst uns sehr, besonders Lenchen fragt andauernd nach dir. Ich habe ihr versprochen, dich so oft es geht zu besuchen, damit konnte ich ihren Trennungsschmerz immer wieder mildern.

Aber alles im grünen Bereich.

Übrigens habe ich mir freigenommen, solange du stationär behandelt wirst."

Allein die Erwähnung ihrer Kleinen schnürt ihren seelischen Belastungsgürtel enger, aber sie versucht, sich nichts anmerken zu lassen.

„Toll, Georg, dass du das so kurzfristig einrichten konntest.

Ihr drei fehlt mir auch.

Gib Lena einen extra dicken Schmatz und auch Ulla...“

Jutta macht eine Pause, um den inneren Druck wieder abzubauen, die lauernden Tränen in Zaum zu halten.

„Alles OK, Jutta?“, fragt Georg besorgt.

„Danke, Georg, es geht schon wieder....

Du, macht es dir etwas aus, wenn ich nebenbei meine Suppe schlürfe?

Mein leerer Magen meldet sich gerade und mein Mittagessen ist auch gekommen.“

„Kein Problem, Liebling!“

„Also“, beginnt Jutta, „wie du weißt, durfte ich heute Bekanntschaft mit Frau Doktor Erlender machen. Naja, was soll ich sagen, fachlich erscheint sie mir kompetent, aber das kann ich ja als Laie nur bedingt beurteilen. Ich hab' die Therapie ja noch vor mir.

Die zwischenmenschliche Chemie war neutral, ein gegenseitiges Arzt-Patient-Abtasten.“

Jutta leert langsam, aber stetig den Teller Knoblauchsuppe, die wirklich ausgezeichnet schmeckt.

„Jutta, du darfst dir nach dem ersten Treffen keine Wunder erwarten. Die Psyche ist kein Holzspan im Finger, den man mal so raus zieht und gut ist's wieder. Das gleicht einem Beschnuppern. Und warum, Jutta, sollte die Naheliegendste, nicht die für dich am besten Geeignetste sein?

Aber das wird sich alles im Laufe der Therapie herauskristallisieren, Liebling. Abbrechen kannst du immer."

„Du hast wahrscheinlich recht, Georg."

Jutta hat inzwischen den Teller Suppe geleert und widmet sich der süßen Hauptspeise.

„Bis übermorgen soll ich es mir überlegen und mich bei ihr melden.

Ich werd' mir einfach diese Zeit nehmen und mir in aller Ruhe alles durch den Kopf gehen lassen. Sie hat mir ausführlich von einer Therapieform erzählt, mit der man sehr gute Erfolge erzielt hat und die mich auch recht angesprochen hat.

In der Anfangsphase, so Doktor Erlender, sollte auf jeden Fall der stationäre Aufenthalt beibehalten werden. Ihr solltet, könntet, müsstet mich dann weiterhin besuchen. Je nach Behandlungsablauf beziehungsweise Behandlungserfolg ist später auch eine ambulante Fortsetzung der Therapie möglich."

„Das klingt doch ganz gut, Liebling.

Und keine Angst, Jutta, wir werden dich so oft besuchen, dass du uns am Ende noch rausschmeißen lässt."

Jutta konnte Georgs Grinsen förmlich durch das Handy sehen.

„Dann wäre das Thema Besuche ja geklärt. Ihr fehlt mir nämlich schon ziemlich.

Heute Nachmittag hab' ich noch einen Termin bei Doktor Sperr.

Er möchte die interne Kommunikation meiner Schaltzentrale beobachten.

Ich melde mich dann am Abend bei dir, da kann ich auch mit meinen beiden Mädchen sprechen.

Ich ruh' mich jetzt noch ein wenig aus. Danke für den Anruf, Georg. Hat mir sehr gut getan und noch was, schöner Mann:

Ich liebe dich!"

„Ich lieb' dich auch, mein Liebling. Und pass auf deine grauen Zellen auf heute Nachmittag. Küsschen, wir hören uns abends."

„Kuss, auch an Ulla und Lena, hab' euch lieb.

Bis heute Abend, Georg!"

Er hat aufgelegt und Jutta starrt noch das Display ihres Handys an, auf dem ihre zwei Töchter zu sehen sind.

Sie hat die süße Kaiserschmarren-Kalorienbombe vernichtet und wendet sich den letzten Löffeln Apfelkompott zu.

„Wenn sich mein Aufenthalt hier verlängert – und das Essen auf diesem Niveau bleibt – wird sich mein Abbild im Spiegel schnell wieder normalisieren.".

Jutta greift sich reflexartig auf den Bauch, wo wenig bis gar keine Fettspeicher fühlbar sind. Ebenso der Ansatz der Rippen, die ganz einfach mit den Fingern zu zählen sind.

„Twiggy von Aschberg, mein neuer Spitzname", witzelt Jutta mit sich selber, ohne sich zumindest ein Lächeln entlocken zu können.

Durch das Fenster schweift ihr Blick über den Grüngürtel von Aschberg und bleibt an einer wunderschönen, riesigen Trauerweide hängen, die am Ufer eines kleinen Teiches – im wahrsten Sinn des Wortes – thront.

Die Gedanken von Jutta sind ganz woanders.

Sie lässt ihr Leben noch einmal Revue passieren.

„Eigentlich", sinniert sie, „...eigentlich sollte ich zufrieden sein:

Zwei wunderbare, gesunde Mädchen, einen liebevollen, fürsorglichen, verantwortungsvollen und auch sehr attraktiven Mann.

Materiell und finanziell einigermaßen sorgenfrei.

Ist doch im Prinzip genau das, was sich ein ganz großer Prozentsatz aller Menschen für ihr Leben erträumt.

Möglicherweise hab' ich es mir auch erträumt – dieses „Traum"-Leben...

Alles ein Traum…

Kinder, Mann, Haus, Auto, Job...

Aber, wo zum Teufel, ist dann mein Anti-Traum, meine Wirklichkeit, mein Wachzustand???

Und wer oder was bin ich dann??"

Es klopft.

Schwester Annemarie betritt Juttas Zimmer und räumt das Mittagsgeschirr ab, um es nach einer kurzen Höflichkeitsfloskel auch gleich wieder zu verlassen.

„14 Uhr Fünfzehn, eigentlich sollte mein Escort-Service in diesen Minuten auftauchen."

Jutta öffnet die Zimmertür, um im Gang nach Schwester Irina zu sehen. Und als könnte sie Gedanken lesen, biegt ihre Begleitung gerade um die Ecke.

22.

Der Behandlungsraum, in dem das EEG durchgeführt werden soll, liegt wesentlich näher an Juttas Patientenzimmer als die Praxis der Psychotherapeutin.

Schwester Irina hat sich bereits wieder verabschiedet und Jutta nimmt gegenüber Dr. Sperr Platz, um von ihm einführende Informationen bezüglich des EEGs zu bekommen.
„Wie geht es Ihnen, Frau Hoffmann? Wie lief das Gespräch mit Frau Dr. Erlender?", beginnt der Arzt.
„Naja, so leicht es für den Schlafenden ist zu träumen – es passiert, man erinnert sich oder eben nicht – so komplex ist die Auseinandersetzung mit diesem Thema aus medizinisch therapeutischer Sicht. Sie hielt mir einen interessanten Vortrag über verschiedene Arten des Traums, neueste wissenschaftliche Erkenntnisse der Traum-forschung und auch eine Therapie, mit der man sehr gute Erfahrungen machte und die sie auch für mich in Betracht ziehen würde."
„Das hört sich ja für's Erste ganz gut an..."
„Alles in allem war es ja auch eine positive Zusammenkunft, aber ich habe mir trotzdem ein

paar Tage Bedenkzeit erbeten, um mir das Ganze noch mal in Ruhe durch Kopf und Bauch gehen zu lassen."

„Nehmen Sie sich die Zeit, die es Ihrer Meinung nach braucht", wirft der Neurologe neutral ein.

„Apropos Zeit, Herr Doktor. Ich bräuchte nämlich nach unserer Pflichtsitzung noch ein paar Minütchen Ihrer kostbaren Zeit. Frau Dr. Erlender hat mich bezüglich einer sehr spezifischen Frage an Sie als Neurologe weiter verwiesen."

„Das ist überhaupt kein Problem. Es freut mich, wenn ich Ihnen weiterhelfen kann. Wenn es Ihnen recht ist, können wir das im Anschluss besprechen."

„Vielen Dank, Herr Doktor. Eine kompetente Antwort ist mir sehr wichtig.

Äh ....nun, von mir aus kann 's losgehen, ich bin bereit."

„Gut, Frau Hoffmann, dann beginne ich jetzt mit einer kurzen Erklärung der Elektroenzephalografie – also der Untersuchung, die ich heute Nachmittag an Ihnen vornehmen werde.

Ich messe die von Ihren Gehirnzellen produzierten elektrischen Impulse.

Diese werden von einem speziellen Programm auf einem Bildschirm optisch dargestellt. Und anhand dieser Diagramme versuche ich, auffällige Muster zu erkennen und daraus wiederum meine neurologischen Schlüsse zu ziehen.

Soweit verständlich, Frau Hoffmann?"

„Ich glaube schon. Sie überwachen die interne Kommunikation meiner grauen Zellen und hoffen aus dieser Überwachung irgendwelche Erkenntnisse in Bezug auf meine Träume zu bekommen."

„So kann man das durchaus sagen, Frau Hoffmann. Im Detail sieht das dann so aus, dass ich Sie mittels einer Injektion in einen Schlafzustand versetze. Vorher werden Sie noch mit einer Kopfbedeckung – ähnlich einer Badehaube – versehen, in der Messelektroden integriert sind. Diese senden die interne Gehirnkommunikation, wie Sie es anfangs genannt haben, auf meinen Bildschirm. Dort werden die elektrischen Impulse in verschiedenartiger Diagrammform – je nach Erregungszustand – visuell dargestellt.

Das alles ist völlig ungefährlich und passiert vollkommen schmerzfrei, ausgenommen vielleicht der Einstich der Injektionsnadel. Sie können sich also entspannt auf das Untersuchungsmöbel begeben.

Wenn Sie mir bitte in den Testraum folgen wollen, Frau Hoffmann."

Jutta und der Neurologe gehen in das Nebenzimmer, in dem sich unter anderem auch der besagte Stuhl befindet, der optisch einem dieser Anti-Stress-Entspannungs-Sitz-Liege-Möbel sehr ähnlich sieht. Die gesamte Einrichtung ist auf das Wesentliche reduziert und größtenteils – bis auf wenige Ausnahmen – in klinischem Weiß gehalten.

„Ach, Herr Doktor Sperr, in welchem zeitlichen Rahmen bewegen wir uns denn bei dieser Prozedur. Wie viel Zeit haben Sie denn angesetzt für mein „Brain-Big-Brother"?"

Jutta zieht die letzten drei Wörter der Frage extra in die Länge und spricht sie in einer tieferen Stimmlage aus, versucht dadurch ihre aufkommende Nervosität cool humoristisch zu überspielen – was ihr nur leidlich gelingt.

„Das Ganze wird ungefähr drei Stunden in Anspruch nehmen. Es ist jetzt genau 15 Uhr, Frau Hoffmann. Sie werden spätestens um 19 Uhr wieder in Ihrem Patientenzimmer sein. Ich habe extra eine Terminverschiebung Ihres Abendessens veranlasst."

„Vielen Dank, Doktor, Sie denken wirklich an alles."

„Keine Ursache, Frau Hoffmann. Patienten-zufriedenheit hat oberste Priorität.

Wenn Sie bitte Platz nehmen", der Arzt deutet auf den Multifunktionssessel.

Jutta setzt sich in aufrechter Position auf den Stuhl, während Doktor Sperr mit routinemäßiger Ruhe beginnt, den mit den Messelektroden bestückten, haubenartigen Stoff auf Juttas Kopf zu befestigen und die Kabelverbindungen mit dem Laptopbildschirm her- beziehungsweise fertigzustellen.

Auch eine Herzüberwachung ist integriert.

„Frau Hoffmann, Sie sind jetzt verkabelt und wir führen gleich einen Funktionstestlauf durch. Wenn Sie das Signal der Herzüberwachung stört, kann ich es auch abschalten."

„Kein Problem, Herr Doktor Sperr, an dieses Geräusch hab' ich mich schon gewöhnt. Es würde mir bereits fehlen, wenn ich es nicht höre. Aber versprechen Sie mir bitte, dass Sie die notwendigen Maßnahmen ergreifen, wenn es denn wirklich nicht mehr da ist", antwortet Jutta mit einem aufgesetzten Lächeln, das ihrem momentanen Gefühlszustand entspricht.

„Ich kann nur annehmen, dass das ein Scherz war, Frau Hoffmann.

Seien Sie völlig entspannt, Sie sind bei mir in den besten Händen.

Ich werde das Signal auf eine nicht zu aufdringliche Lautstärke einstellen.

OK, dann machen wir weiter. Mit Hilfe dieses Liegestuhls, auf dem Sie sich gerade befinden, können Sie sich elektronisch in fast jede gewünschte Körperlage bringen. Das Bedienungsgerät für die Stellungsveränderung befindet sich auf der Ablage neben Ihrer rechten Hand.

Wenn Sie es bitte nehmen und eine für Sie angenehme Ruheposition einstellen."

Dr. Sperr unterbricht seine Einweisung und setzt sich an den Schreibtisch, auf dem zwei eingeschaltete Computerbildschirme stehen.

Jutta nimmt sich mit der rechten Hand die Bedienung von der Ablage und beginnt vorsichtig die verschiedenen Einstellungsmöglichkeiten auszuprobieren.

Sie stellt erfreut fest, dass dieses High-Tech-Gerät äußerst benutzerfreundlich ist und sich wirklich fast jeder Körperteil mittels in der Stuhlpolsterung befindlicher Elektromotoren in die gewünschte Lage befördern lässt.

Jutta ist vollends begeistert von diesem Möbel und vergisst ob dieser Entspannungssituation ein wenig ihre Nervosität.

„Also von mir aus kann 's losgehen, Herr Doktor. Start the engine, please!"

Sperr tippt auf seiner Tastatur und auf dem Bildschirm erscheinen auf einmal Linien und Kurven, die sich für den Laien optisch jeder Interpretation entziehen.

„Sehr gut, Frau Hoffmann. Bleiben Sie ruhig, entspannen Sie sich. Es ist absolut ungefährlich und schmerzfrei und Sie befinden sich außerdem in äußerst professioneller Obhut", lächelt sie der Neurologe an.

„Sie kennen mich ja dann in- und auswendig, im wahrsten Sinne des Wortes, Herr Doktor", lächelt Jutta zurück.

„Na ja, wir werden sehen, was aus Ihren Gedanken herauszulesen ist.

Ob sich Ihre kleinen grauen Zellen in die Karten schauen lassen. Wenn Sie hier kurz Ihren Blick darauf werfen wollen. "

Sperr dreht den größeren der beiden Bildschirme in eine für Jutta einsehbare Position und deutet auf die Wellenlinien, die auf diesem Monitor dargestellt sind.

„Das sind Ihre ganz persönlichen elektrischen Spannungsschwankungen – genau genommen die Ihrer Gehirnzellen. Fachchinesisch eine Mischung zwischen Alpha- und Beta-Wellen.

Die Einteilung erfolgt nach Frequenzbereich:

Von 0,1 bis 4 Hertz in Deltawellen,

heißt wenig Ausschläge und ruhige, flachere Kurve: bedeutet in der Regel eine traumlose Tiefschlafphase –

bis über 30 Hertz in Gamma-Wellen:

Viele Ausschläge, steile Kurven und lässt zum Beispiel auf starke Konzentrations- und Lernprozesse schließen. Und eigentlich, soweit ich das erfahrungsgemäß herauslesen kann, bewegen Sie sich mehr oder weniger im normalen Rahmen eines in Ihrem momentanen Zustand befindlichen Menschen.

Sie werden jetzt mittels eines speziellen Narkotikums den Wachzustand verlassen und in einen künstlichen, aber dem natürlichen Erschöpfungs-Entspannungsschlaf sehr nahe kommenden Ruhezustand versetzt. Dabei werden Ihre Gehirnaktivitäten von mir überwacht und später ausgewertet.

Wenn es noch Fragen gibt, Frau Hoffmann, bitte jetzt!"

„Was ist das für ein Schlafmittel?", erkundigt sich Jutta unsicher.

„Es wurde explizit für solch einen Einsatz entwickelt. Also für die Schlaf-Traumforschung beziehungsweise Therapie und es kommt dem natürlichen, nicht künstlich herbeigeführten Schlafzustand sehr nahe – ohne die Messergebnisse der Gehirnaktivitäten relevant zu beeinflussen und hat keine erwähnenswerten Nebenwirkungen.

Also, Frau Hoffmann, ich wünsche Ihnen eine möglichst entspannte Schlaf-Ruhephase und mir einige Daten, mit denen ich Ihnen weiterhelfen kann."

„Ich...ich bin ein wenig aufgeregt.

Sehr aufgeregt....

Genaugenommen hab' ich Angst.

Angst vor dem Einschlafen, vor meinen Träumen.

Sie werden mir doch helfen können, Herr Doktor. Das ist sehr wichtig, wahnsinnig wichtig für mich."

Jutta versucht ihre innere Anspannung unter Kontrolle zu halten, ruhig zu bleiben.

„Das verstehe ich vollkommen. Aber um Ihnen helfen zu können, sollten wir unbedingt versuchen, grundlegende Auslöser Ihres Zustandes herauszufinden. Mit einer speziell auf Sie zugeschnittenen Gesprächstherapie und natürlich in Zusammenarbeit mit Ihnen, Frau Hoffmann.

Das ist sicher nicht leicht für Sie, weil es sich um – unter Anführungszeichen – „Eingriffe" in sehr persönliche, private und intime Lebenssituationen handelt. Aber vertrauen Sie mir, alles wird gut. Kommen Sie zur Ruhe, entspannen Sie sich und in etwa drei Stunden sitzen wir uns gesund und vor allem wieder munter gegenüber."

Sie wird ruhiger und versucht zu lächeln.

„Ich vertrau' Ihnen einfach, Herr Doktor, und werde mich bemühen, Ihnen schlafenderweise ein informationsreiches Versuchskaninchen abzugeben."

Das Lächeln misslingt.

„Schicken Sie mich ins Land meiner hoffentlich aussagekräftigen Träume. Und eine, wie soll ich sagen, reiche Kommunikationsausbeute beim Belauschen meiner grauen Zellen.

Bis abends dann, Herr Doktor Sperr und -

ganz wichtig:
Passen Sie auf mich auf!"

„Das werde ich, Frau Hoffmann, das werde ich. Sie sind in guten Händen."

Jutta lässt ihren Kopf langsam nach hinten, auf die dafür vorgesehene Stütze sinken, versucht sich zu entspannen und an nichts zu denken.

Der Neurologe hat mittlerweile die Schlafmitteldosis in einer Spritze aufgezogen, desinfiziert kurz die Einstichstelle an Juttas Oberarm.

„Jetzt piekt's ein wenig."

Jutta nimmt einen minimalen Stichschmerz wahr.

„Zählen Sie in Gedanken langsam von zwanzig zurück auf null. Ich wünsche Ihnen einen angenehmen und ruhigen Schlaf.

Und, ich werde auf Sie aufpassen."

„Zwanzig, neunzehn, achtzehn, ...Vielleicht... siebzehn, ...bin ich...sechzehn, ...hier der ... fünf....zeeeeehn, ...eiiiinziiiiigeee......viiiiiiier..... zeeeehn......,Paaaaaatiiiiieeent...........dreiiiiiiiiiiiiiiii iiiiiiiizeeeee........nnn...."

Juttas Schlaf-Countdown vermischt sich mit einer Thematik, die ihr seltsam vorkommt und die sich immer wieder in ihre Gedanken drängt:

Wo sind die anderen Patienten..........?

Doktor Sperr beobachtet seine einschlafende Patientin und sieht gleichzeitig auf seine beiden Monitore:

Ruhige, flache Kurven - noch keinerlei beunruhigendes Gehirnfeedback.

Alles im Normalzustandsbereich......

Dr. Sperr lehnt sich entspannt zurück in seinen ledernen Bürodrehstuhl, ohne die zwei Bildschirme aus den Augen zu lassen.

„Alles im Theta-Wellenspektrum", beginnt Dr. Sperr leise vor sich hin zu sprechen, „leichte Schlafphase N1 und N2. Das ist jetzt noch nicht die Überdrüber-Aktivität, Frau Hoffmann. Aber harren wir der Dinge, die da kommen und lassen wir den grauen Zellen ihre Zeit. Und ich werde mir jetzt die Zeit nehmen und dem Kaffeeautomaten einen Becher dieser herrlich mundenden, schwarzen Flüssigkeit abringen.

Frau Hoffmann, bleiben Sie ruhig, ich bin gleich wieder zurück auf meinem Beobachtungsposten."

Der Arzt wirft noch einen kurzen Blick auf die schlafende Patientin und verlässt das Untersuchungszimmer in Richtung Heißgetränkeautomat.

Sperr steckt seinen aufgeladenen Automatenstick in den dafür vorgesehenen Schlitz neben dem Münzeinwurf und wählt „Ohne Milch", „Ohne Zucker" und „Extra stark". Die Maschine beginnt sofort zu surren und der vorher positionierte Becher füllt sich mit der georderten, schwarzen Flüssigkeit.

Doktor Sperr führt den vollen Becher zur Nase, um sich mit diesem herrlichen Aroma nicht nur geschmacklich, sondern auch durch dessen Geruch verwöhnen zu lassen und macht sich wieder auf den Weg zurück zu seiner Patientin.

Als sich die Lifttür zur Etage, in der sich sein Untersuchungszimmer mit Frau Hoffmann befindet, öffnet, hört er sofort Geräusche und Lärm, die er nicht zuordnen kann.

Sein schneller Schritt wird zu einem Lauf, als er merkt, dass die Geräuschquelle, die mittlerweile einen veritablen akustischen Pegel entwickelt hat, definitiv aus seinem EEG-Untersuchungsraum kommt.

Dort angekommen, reißt er die Tür zum Besprechungszimmer auf und sieht beim Blick in den Testraum schon von weitem, wie Frau Hoffmann sich krampfhaft in den Schlafstuhl presst.

Das akustische Herzfrequenzsignal gleicht dem Dauerfeuer eines Maschinengewehrs auf Sopranhöhe.

Die Augen sind geschlossen, aber die Adern an den Schläfen sowie an den Unterarmen sind extrem hervorgetreten und die Fingernägel pressen sich so drastisch in die Schaumpolster der Armlehnen des Liegesessels, dass das Leder des Überzugs an mehreren Stellen blutig und aufgerissen ist.

Auch die Fingernägel sind eingerissen und stückchenweise abgerissen.

„Frau Hoffmann, Frau Hoffmann!!!!!", schreit der Neurologe Jutta an, versucht irgendeine Kommunikation mit ihr herzustellen.

Keine Reaktion.

Juttas Körper wird mit massiver, schier unglaublicher und einer solch zierlichen Frau niemals zugetrauten Kraft in die Polsterung des Schlafmöbels gedrückt, so als wolle sie mit all ihrer zur Verfügung stehenden Energie vor irgendetwas oder irgendjemandem zurückweichen, entfliehen.

„Frau Hoffmann!!!!", versucht Sperr es noch einmal.

Er wirft einen kurzen Blick auf die zwei Monitore.

Die Wellen bewegen sich in einem derart hohen Frequenzbereich, dass das Aufzeichnungsprogramm Schwierigkeiten mit der Darstellung hat.

Sperr kann sich an keinen derartigen Fall in seiner bisherigen Laufbahn als Neurologe erinnern, auch nicht an Berichte aus der Kollegenschaft.

„Frau Hoffmann, können Sie mich hören? Frau Hoffmann!!!!..."

Die Schweißperlen laufen Jutta übers Gesicht, das krampfartig verzerrt ist.

Ihre Kleidung ist durchgeschwitzt.

Und plötzlich abrupter Stillstand.

Juttas extremer körperlicher Kampf mit ihrem unsichtbaren, imaginären Gegner ist ausgekämpft.

Auf den zwei Aufzeichnungsbildschirmen sind keinerlei Gehirnaktivitäten mehr dargestellt. Sperr überprüft kurz die Befestigungen der Messelektroden und kann keinerlei Funktionsbeeinträchtigung feststellen.

Reflexartig greift er an den Puls und spürt...

nichts!

Das Signal des nicht mehr pumpenden Herzmuskels –

ein eindringlicher durchgehender Dauerton.

„Piiiiiiiiiiiiiiiiiiiiiiiiiiiiiiiiiiiiiiiiiiiiiiiiiiiiiiiiiiiiiiiiiiiiiiiiiiiiiiiii iiiiiiiiiiiiiiiiiiiiiiiiiiii....."

Doktor Sperr stürzt zum Telefon und drückt einen Notfallverbindungsknopf.

„Brauche dringendst sofortige Unterstützung bei der Reanimation einer Patientin.

Kein Puls.

Keinerlei Gehirnaktivitäten.

Vorangegangener, extremer, epilepsieartiger Krampfanfall."

Schon wenige Sekunden nach Beendigung der Notfalldurchsage stürmt ein mehrköpfiges Ärzte-Schwestern-Team in Sperrs Untersuchungsraum.

Jutta wird von der perfekt eingespielten Belegschaft auf ein vorhandenes voll ausgestattetes Patientenbett verfrachtet und in wenigen Momenten ist alles vorbereitet für eine Reanimation durch eine Defibrillation.

„Alles klar für die Defibrillation", fast monoton gibt Sperrs Kollege, der Notfallmediziner Doktor Herges, seine Anweisungen.

Die notwendigen Handlungen sind routiniert, werden aber dennoch hochkonzentriert durchgeführt.

Jeder kennt seinen Part und ist spezialisiert auf die perfekte Ausführung seines Teils des Ganzen.

„Kontakt-Paddles bereit:

200...

Achtung!..

Klar!!"

Die beiden aufgeladenen Kontakte werden in Herznähe auf Juttas Brustkorb aufgesetzt.

Ihr Körper bäumt sich auf.

Die Herzüberwachungsgeräte zeigen keinerlei Aktivität, weder optisch noch akustisch.

Kein rhythmisches, sich wiederholendes „Piep" im Takt des Herzschlages, sondern noch immer der durchgehende Dauerton.

„Manuelle Herzmuskel-Reanimation bis zur neuerlichen Defibrillation", spricht Doktor Herges automatisiert in sein Team.

Es vergeht keine Minute.

„Kontakt-Paddles bereit:

200…

Achtung!..

Klar!!"

Juttas Körper bäumt sich abermals auf.

„Piiiiiiiiiiiiiiiiiiiiiiiiiiiiiiiiiiiiiiiiiiiiiiiiiiiiiiiiiiiiiiiiiiiiiiiiiiii iiiiiiiiiiiiiiiiiiiiiiiiii...."

Keine Reaktion.

„Bitte versuchen Sie es noch einmal, Doktor Herges. Die Patientin wurde nur wegen eines stressbedingten Ohnmachtsanfalls eingeliefert. Sie war - ist in psychotherapeutischer Behandlung. Das EEG sollte Informationen zur Ursache ihrer Alpträume liefern.

Sie hat zwei Kinder..."

Doktor Sperr ist verzweifelt.

„OK, neuerlicher Defibrillationsversuch!", spricht Doktor Herges automatisiert.

Eine Schwester setzt kurzfristig die manuelle Stimulierung des Herzmuskels fort.

Die Zeit läuft gegen Juttas Auferstehung.

Wenige Augenblicke, Momente, wenige imaginäre Pulsschläge, wenige Einheiten des Lebens vergehen.

„Kontakt-Paddles bereit:

220...

Achtung!...

Klar!!"

Juttas letztes Aufbäumen...

Sekundenbruchteile Stille -

für alle Anwesenden spürbar.

Flatline....

„Piiiiiiiiiiiiiiiiiiiiiiiiiiiiiiiiiiiiiiiiiiiiiiiiiiiiiiiiiiiiiiiiiiiiiiiiiiiiii
iiiiiiiiiiiiiiiiiiiiiiiiiiiiiiiiiiiiiiiiiiiiiiiiiiiiiiiiiiiiiiiiiiie.........

23.

"*Ich wäre dämlich, aber froh.*"*

„…iiiiiiiiiiiiiiiiiiiiiiiiiiiiiiiiiiiiiiiiiiiiiiiiiiiiiiiiiiiiiiiiiiiiiiiiiiiii
iiiiiiiiiiiiiiiiiiiiiiiiiiiiiiiiiiiiiiiiiiiiiiiiiiiiiiiiiiiiiiiiiiiiiiiiiiiiiiii
iiiiiiiiiiiiiiiiiiiiiiiiiiiiiii……..“

Aufgeweckt und irritiert durch diesen unangenehmen, lang anhaltenden hohen Ton unbekannter Herkunft schreckt Jutta hoch.

Dabei fallen die Blätter, die ihr als Schlafdecke, als minimaler Schutz vor äußeren Einwirkungen, gedient haben, vom nackten Körper.

Reflexartig greift sie an eine Stelle an der Schläfe, um einen, beim Aufschnellen wieder stechend ins Bewusstsein getretenen Schmerz genau zu lokalisieren.

„Gesellt sich jetzt auch noch Tinnitus zum Kreis meiner persönlichen Defizite?", kommt ihr als eine Ersteinordnung dieses aufdringlichen Geräusches in den Kopf.

Jutta versucht das Chaos in ihrem leicht schmerzenden Schädel zu ordnen.

„Hey, der Ton ist weg…

ausgepiept....“

Zum ersten Mal seit Langem keimt so etwas wie Freude in ihr auf.

Sie hat mittlerweile ihre angezogenen Beine mit den Armen umschlungen und stützt ihre Denkzentrale mit dem Kinn auf den Knien ab.

Traumsequenzen vermischt mit anderen Erinnerungen schwirren Jutta im Kopf herum.

Und Fragen.....jede Menge Fragen, die sich aus diesem Wirrwarr im Kopf ergeben und auf die sie - Frau Jutta Hoffmann – gerne eine Antwort hätte.

Wie ein Wollknäuel, das zum Spielball einer Katze wurde.

„Konzentrier' dich, Jutta, konzentrier' dich:
Wer bist Du?
Wer bist Du wirklich?"

Und auf einmal füllen sich die Erinnerungslücken, klärt sich die trübe Gedächtnissuppe auf.

Splitter und Fetzen ordnen und fügen sich zu einem chronologischen Ganzen zusammen.

Parallel dazu keimt ein seltsam ungutes, nicht näher definierbares Gefühl in Jutta.

„Einkaufen mit Lena…

Ohnmacht am Hühnchenstand…

Menschen am Grillspieß…

Aufwachen im Krankenhaus Aschberg... Erstgespräch mit dortiger Psychotherapeutin Erler....Erlender.

9 Uhr-Termin mit Frau Doktor Marlena Erlender: Albtraumbesprechung

und nachmittags…

nachmittags EEG-Untersuchung beim Neurologen Doktor...Doktor...Sperr, Doktor Klaus Sperr

Kurze Besprechung…

Aufsetzen dieser Messelektrodenhaube.…

große Nervosität, fast panikhafter Zustand... …Angst vor dem Einschlafen…

beruhigende Worte von Sperr...

 Schlafmittelinjektion...

Und dann…

dann.…

nichts!

Kein Aufwachen...

keine Nachbesprechung mit Sperr…

nur mehr dieses unangenehme, nervende „iiiiiiiiiiiiiiiiiiiiiiiiiiiiiii"…"

Dieses seltsame, Unruhe verbreitende Gefühl greift immer mehr Besitz von Juttas momentan so klaren Gedanken. Ein Gefühl, als ob sie kurz vor einer alles lichtenden Erkenntnis steht, diese Erkenntnis aber gar nicht wissen will.

Die Wahrheit hinter einer Tür, die Jutta noch nicht bereit ist zu öffnen, weil diese Wahrheit ihr den Boden unter den Füßen wegziehen würde.

„Ich kenne dieses Geräusch, ich kann dieses Geräusch genau zuordnen", setzt Jutta ihre Erinnerungsanalyse gedanklich fort, „es ist die akustische Darstellung des Herzschlages eines EKG-Gerätes, der metronome Pulsschlag in Form eines sehr eindringlichen Tones, ein kurzes „Piep" im Pumptakt des Herzmuskels.

Aber warum ist mir das alles nicht fremd?"

Jutta spürt mit diesem sonderbaren Gefühl, dass sie die Tür zur Wahrheit nicht aufmachen muss, dass die Wahrheit sich selber ihren Weg bahnen wird.

„Das „Piep" ist normalerweise kurz - parallel zur Herzfrequenz.

Dieses „Piep" ist keines mehr.

Es ist ein durchdringender, ununterbrochener, sich ewig lange hinziehender Dauerton –

genauso wie vorhin beim Aufwachen.

Wenn das Herz nicht mehr schlägt,

wenn man....

wenn man ...

Ich bin nicht mehr aufgewacht bei Doktor Sperr.

Ich bin...

gestorben!

Frau Jutta Hoffmann ist.........tot!!

Die gesamte Familie Hoffmann –

Lena, Ulla, Georg:

ein Traum...

Der Traum vom Menschsein hat sich aufgelöst!!

Ausgeträumt!

Zu Ende...."

Die Tür ist offen.

Das schleichende, belastende, panikartige „Angst-vor-der-Wahrheit"-Gefühl ist verschwunden.

Ist tiefer Resignation gewichen.
Jutta starrt – immer noch in der gleichen
Sitzposition – lethargisch auf den Waldboden vor
ihren Füßen.

24.

*„Ich wollt', ich wär' ein Huhn,…"**

Das klar wahrnehmbare Brechen eines Stück Holzes unter Belastung befreit Jutta aus ihrer Starrheit, aus ihrer Betäubung.

Sie horcht auf, um nachfolgende Geräusche wahrnehmen zu können.

Aber nichts, nichts Auffälliges.

Jutta – sie wird diesen Namen, der eigentlich obsolet, überflüssig geworden ist, behalten.

„Also Jutta", beginnt sie ihren kurzen Grundsatzmonolog, „du kleine, intelligente Menschenfrau mit Denkfunktion, stell dich auf einen unmenschlichen Überlebenskampf ein, denn auf deine Außergewöhnlichkeit – wie auch immer sie zustande gekommen ist – nimmt hier keiner Rücksicht. Hier bist du umgeben von fress- und triebgesteuerten Lebewesen, von denen dir viele nichts Gutes wollen.

Außerdem wirst du versuchen, die restlichen Erinnerungen und Träume – die gesamte fiktive menschliche Biografie zu löschen. Jutta Hoffmann ist tot, aber Jutta, die Menschenfrau ist am Leben. Und sie ist frei....."

Kein Zuhause mehr, kein Aschberg, kein Bausparvertrag, kein Auto, kein Kaffee- geruch, …auch kein Georg und vor allem:

Keine Ulla und keine Lena...

„Warum denke ich jetzt über diese „Familie" nach?

Wer hat diese TRAUM-Familie, diese Hoffmanns, in meinen Kopf implantiert?

Traum, Traum, da war doch was. Komm, Jutta, denk nach. Frau Dr. Erle-irgendwas, ach egal....Traum, ja, Wunschtraum, diese Familie Hoffmann war mein Wunschtraum. Ich hab' sie mir erschaffen, erträumt, damit ich aus dieser schwer erträglichen Wirklichkeit wenigstens zeitweise - im Traum - entfliehen kann.

Wieso bin ich so „anders" als alle anderen „Menschen" hier, als alle anderen meiner Spezies? Diese erbärmlichen Kreaturen, die die Bezeichnung „Mensch" eigentlich nicht verdienen.

„Mensch", so wie ich ihn in meiner Traumwelt, in der Familie Hoffmann kennenlernen durfte.

...zärtliche, liebevolle, soziale Wesen...

Und warum zur Hölle DENKE ich ÜBERHAUPT?"

Das unüberhörbare Knurren des Magens setzt neue, momentan wichtigere Prioritäten, verschiebt die Antwortsuche dieser Fundamentalfragen auf später.

Parallel zum lauten Geräusch ihres Verdauungs-organs tauchen immer wieder diese Bilder in Juttas Kopf auf:

„Bilder des Hoffmann'schen Frühstücksrituals:

Die Inbetriebnahme der Espressomaschine, das Zerkleinern und Portionieren der Kaffeebohnen im maschinenintegrierten Mahlwerk, das Aufheizen und Pressen des brühenden Wassers mit Hochdruck durch die fertig regulierte Menge Kaffeepulver, so dass die dunkle, fast schwarze, ein unglaublich wohlriechendes Aroma verbreitende Flüssigkeit in die Tassen unter den Ausflussschnäbeln fließt.

Der Frühstückstisch wird mit Brot, unterschiedlichsten Gebäcksorten und allen vorhandenen Köstlichkeiten aus dem Kühlschrank gedeckt.

Aus dem Radio tönt im Hintergrund Musik der täglichen Morgensendung.

Aber es gibt keinen Radio und auch keinen Kühlschrank, der mit all diesen Frühstücksschlemmereien gefüllt ist.

Und es gibt auch keinen frisch gebrühten Kaffee, weil es auch keine Kaffee – geschweige denn eine Espressomaschine – gibt.

Es gibt überhaupt kein morgendliches Frühstücksritual – abgesagt.

Es gibt nur Nahrungssuche, die hoffentlich auch erfolgreich ist.

War es klug, von „ihrem" Bauernhof zu flüchten, auf dem zumindest die tägliche Mahlzeit gesichert war?

Die unweigerliche Schlachtung, das erniedrigende Fortpflanzungsritual, die stumpfsinnigen Artgenossinnen. Gründe, die ihre Entscheidung, die letztendlich aus einer zufällig entstandenen Fluchtmöglichkeit gefallen ist, bestätigen.

Hätte sie vielleicht direkt vor Ort auf dem Bauernhof nach Lösungen suchen sollen?

Zurückgehen und, wenn man so will, ihr „neues" Leben auf dem Bauernhof beginnen?"

Ein weiteres Knurren ihres Magen und leichte Kopfschmerzen lassen Jutta auch diese Gedanken vorerst verwerfen.

Sie steht auf, begibt sich langsam in die Vertikale und streckt sich vorsichtig, um die Steifheit und Ungelenkigkeit des Schlafes abzustreifen.

Jedoch auch, um ein wenig der Betäubung als Folge der Erkenntnis ihres letzten Traumes zu entkommen.

Jutta geht zum nahegelegenen Bach, um ihren Durst zu stillen.

Wie schon an den vergangenen Tagen bahnt sich auch heute wieder ein wunderschöner Sommertag an. Erste Sonnenstrahlen brechen durch Blätter und Geäst der Bäume. Wunderschönes Zwielicht im Wald.

Sie kniet am Ufer des kleinen Baches, spritzt sich etwas Wasser ins Gesicht und trinkt aus ihren zu einer Schale zusammengefügten Händen.

Langsam lässt sie sich auf den weichen moosigen Waldboden sinken, bis sie vollständig auf dem Rücken liegt. Ein paar Sonnenstrahlen scheinen

201

Jutta direkt ins Gesicht, durch die Lider ihrer geschlossenen Augen. Das Orange vor Juttas Pupillen mischt sich mit der angenehmen Wärme auf ihrer Haut.

„Jutta, du musst dir ein Ziel setzen.

Du musst für dich einen Grund, einen Sinn suchen, der dir dieses Leben erträglich, vielleicht sogar lebenswert macht....."

Eine ganze Weile genießt sie die Ruhe des Waldes, das unaufdringliche Plätschern des Baches, das Licht und die Wärme der Sonne und auch den herrlich moosigen Geruch des weichen Waldbodens. Ein weiteres Knurren und die schlimmer werdenden Kopfschmerzen bringen sie in die Wirklichkeit ihres neuen Lebens zurück.

Jutta verlässt ihre waagrechte Entspannungsposition, um irgendetwas Essbares ausfindig zu machen und die unüberhörbaren und mittlerweile auch physisch wahrnehmbaren Geräusche des Hungers zu besänftigen.

Sie spürt, wie unglaublich leicht sie ihren Körper trotz der Energie raubenden Strapazen der vergangenen Tage bewegen kann. Sie war und ist ein Teil dieser Welt.

Gazellengleich manövriert Jutta sich durch das unwegsame Waldgelände.

Ihre weiblichen Rundungen, die eigentlich nie sonderlich ausgeprägt, aber dennoch ästhetisch unaufdringlich vorhanden waren, sind einer extrem schlanken, total fettfreien, fast maskulinen Figur gewichen.

Kratzer, auf ihrer ganzen Hautoberfläche verteilt, machen ihr nichts mehr aus. Nur ihre Fußsohlen versucht sie durch vorausschauendes und vorsichtiges Auftreten auf dem größtenteils sehr weichen, moos- und humusartigen Boden des Waldes verletzungsfrei zu halten. Ziel- und planlos, ihren Blick immer nach etwas nach Nahrung Aussehendem schweifen lassend, lässt sie sich von Hunger und Instinkt durch den Wald treiben.

Zwischen zwei Moosflächen bewegt sich etwas, das sie innehalten lässt.

Jutta richtet ihren Blick konzentriert auf den Ort der wahrgenommenen Bewegung. Ganz, ganz langsam, wie es dieser Spezies eigen ist, schiebt sich eine kleine, braune Nacktschnecke über den weichen Boden und hinterlässt ihre arttypische Schleimspur.

Jutta überlegt kurz. Ein kleiner spitzer Zweig und ein nährstoffreicher Schneckenspieß wäre gesichert. Ihr Überlebenstrieb scheint zu funktionieren. Doch die Bilder, die sich automatisch in ihrem Kopf generieren, als Jutta darüber nachdenkt, lassen Ekel, Übelkeit und Widerwillen über ihr mittlerweile sehr penetrantes Hungergefühl triumphieren. Sie dreht sich um und setzt ihren Weg hungrig und schneckenschleimfrei fort.

Jutta kämpft sich langsam, aber stetig vor, den Blick permanent auf die unmittelbare Umgebung gerichtet, um auf keinen Fall etwas auch nur im Entferntesten als Nahrung zu Erkennendes zu übersehen.

Wenn sie nicht bald etwas findet, mit dem sie das innere, lechzende Raubtier „Hunger" befriedigen kann, wird sie sich eine Alternative suchen müssen, bei der sie wahrscheinlich ihre Ekelgrenze überschreiten, beziehungsweise neu ziehen muss.

Wobei sich auch der Ekel in Bezug auf die Nahrungsaufnahme mit hoher Wahrscheinlichkeit parallel zu ihrer Wandlung, zu ihrem Anderssein angeglichen hat. Juttas Geschmackszentrum wurde in der Hoffmann'schen Welt völlig neu aufgebaut. Essen nicht nur als Trieb, sondern auch als Genuss.

Gerade als Jutta auf einer höher aus dem Boden ragenden Baumwurzel steht, richtet sie sich ganz auf, um einen möglichst weiten Überblick zu bekommen.

Sie startet ganz langsam und aufmerksam eine 360 Grad Rundumdrehung und sucht die nähere und weitere, aber noch sichtbare Umgebung nach irgendetwas Verdaulichem ab.

Die erste Vierteldrehung hinter sich, blitzt etwas Rotes auffällig aus all den Grünschattierungen der wild wuchernden Blatt- und Gräsergewächse heraus.

In Jutta keimt ein Funken Hoffnung auf, endlich fündig geworden zu sein.

Sie fixiert ihren Blick genau auf dieses rote Etwas, auch aus Furcht es wieder aus dem Blickfeld an das Grün des Waldes zu verlieren, und versucht angestrengt aus der Ferne Details der vermeintlichen Mahlzeit zu identifizieren.

Sie kann nichts erkennen.

Es könnten auch Blumen sein.

Nelken, Geranien oder Rosen...

Wunderschöne langstielige, rote Rosen...

Solche hat sie von Georg öfters bekommen. An ihrem Geburtstag, oder Hochzeitstag oder einfach nur so.

„Hallo, Jutta!", hört sie ihn von irgendwo oder auch von nirgendwo her rufen.

„Wenn du nicht in sämtlichen Belangen deine erträumten, zivilisatorischen Benimmregeln und Zwänge über Bord wirfst und deine althergebrachten Triebe und Instinkte so gut es geht reaktivierst, dann wirst du, Jutta, hier keine Woche überleben!"

„Sei ruhig, Georg, du warst nur ein Traum."

„Leider", fügt sie leise hinzu.

Georg ist verstummt.

Ist auch besser so.

Jutta klettert von der Baumwurzel, die ihr als Aussichtswarte gedient hat und macht sich auf, das erspähte rote Etwas persönlich in Augenschein zu nehmen.

Sie überwindet Wurzeln, kämpft sich durch Farne, Gräser und mehr oder weniger dichtes Unterholz, wobei sie stetig auf der Hut vor Gefahren ist.

Immer wieder steigt sie auf dafür geeignete Hölzer, Stümpfe oder Äste, um Ausschau nach ihrem roten Ziel zu halten und um rechtzeitig Richtungskorrekturen vornehmen zu können.

Juttas Energiereserven sind gegen null geschrumpft. Sie beschließt, eine Pause einzulegen und setzt sich auf einen abgefallenen, morschen Ast.

Es ist heiß, fast schwül.

Jutta atmet langsam ganz tief durch und richtet ihren Blick auf das strahlend blaue Stück Himmel über ihr, das die Baumkronen des Waldes freigeben.

Die gigantischen Stämme, die monumentalen, farbenprächtigen Blüten und Blätter, sowie allerlei riesiges Spinnen- und Käfergetier verlassen gänzlich unbeteiligt die „Hoffmann'sche" Wahrnehmungswelt und tauchen völlig unverändert in dieser Wirklichkeit auf.

Es ist nichts anders geworden, es hat sich nichts geändert – nur Jutta selbst.

Das Zeitbewusstsein, das Zeitempfinden, das auch erst durch ihre ominöse Veränderung eine Wichtigkeit bekommen hat, ist wieder in den Hintergrund getreten.

Zeit als Maßstab, als Einheit, als Struktur ist für Jutta nicht mehr wichtig.

Die Aufdringlichkeit des Hungers lässt sie ihre kurze Verschnaufpause beenden. Jutta steht auf, orientiert sich kurz und setzt ihren Weg fort.

Ihr Tempo verlangsamt sich automatisch. Zu überwindende Wurzeln erscheinen immer höher, wegzubiegende Äste immer dicker und verwachsenes Unterholz immer dichter.

Sie drückt ein Farnblatt zur Seite und da hängen sie direkt vor ihren Augen, in Reichweite ihrer Hände.

Überreife, dunkelrote, vor Saft und Geschmack strotzende Beeren, die aussehen wie Himbeeren und so wie es Jutta scheint, nur auf sie gewartet haben.

Jutta kann sie ganz deutlich hören, die Worte der Waldhimbeeren:

„Iss mich, Jutta, iss mich!

Iss mich und genieß mich!"

Und Jutta zögert keinen Augenblick.

Sie greift sich eine dieser wunderschönen Früchte, löst sie unter leichtem Widerstand vom Strauch und beißt genussvoll in das rote, faustgroße Fruchtfleisch.

Jutta schließt die Augen:

weich, köstlich süß, saftig – himbeerig.

Fast unzerkaut schluckt sie das extrem weiche Fleisch der Beere mit dem wundervollen Geschmack. Sie pflückt noch zwei weitere Früchte vom Strauch und setzt sich damit auf den moosigen Boden des Waldes. Benebelt von der herrlichen Süße der roten Frucht genießt sie ihre erste Mahlzeit seit Langem und spürt, wie sich das hartnäckige, schon zum ständigen Begleiter gewordene Gefühl des Hungers langsam besänftigt.

Der rote Saft der Beeren rinnt von den Mundwinkeln zum Kinn, über ihren Hals auf ihre Brüste.

Jutta wird von diesem himmlischen Geschmack förmlich berauscht.

Vorsichtig, immer die spitzen Stacheln des Strauches im Blickfeld, verzehrt sie Beere um Beere und fühlt sich unglaublich wohl in diesem Zustand, den sie so lange herbeisehnte...Sattheit.

Ihre Hand greift die nächste Frucht und führt sie in Erwartung dieses überirdischen Geschmacks mit geschlossenen Augen zum Mund. Bevor sie zum Biss in das süße Fruchtfleisch ansetzt, öffnet sie kurz ihre Augen und schaut direkt auf ein pochendes Fleischstück – ein Herz, das, weder fruchtig noch pflanzlich, sich in pumpenden Bewegungen auf Juttas Handteller präsentiert.

Im ersten Schock versucht sie, sich das ekelige, lebendige Organ von der Handfläche zu schütteln.

Aber vergeblich, der menschliche Herzmuskel scheint fest mit ihrer Hand verwachsen zu sein und aus den offenen Herzkranzgefäßen, aus Arterien und Venen fließen mittlerweile Unmengen Blut.

Auch der Himbeerstrauch ist vollkommen verwandelt.

Aus den Stacheln kriechen schwarze Schlangen, die sich um die fleischigen Herzen legen, zu denen die wunderbaren roten Beeren mutiert sind.

Die schwarzen Schlagen zerdrücken die pulsierenden, roten Organe, bis sie platzen und das Blut in alle Richtungen verspritzen.

„Was….

was passiert hier???!!!", denkt Jutta. Die Welt um sie herum ist zum riesigen Karussell geworden.

„Die Beeren!!

Es sind die Beeren!!", presst sie in Panik heraus.

Noch während sie sich der Gefahr durch die gerade verspeisten Früchte bewusst wird, verliert sie vollends die Kontrolle über ihren Körper und sackt auf den Boden.

25.

*„...ich hätt' nicht viel zu tun,...“**

„Ach, Georg", murmelt Jutta im Dämmerzustand, irgendwo zwischen noch schlafend und gerade aufgestanden, „Georg, bitte, hör jetzt auf, ich hab' überhaupt keine Lust und außerdem tust du mir weh! Georg, Geeeeooorg !!!!!!!!“
Jutta ist jetzt hellwach.
Sie blickt in das verschwitzte Gesicht eines männlichen Artgenossen, der keuchend, stöhnend und andere nicht näher zu definierende Laute ausstoßend, gerade dabei ist, seinen Sexualtrieb an ihr abzureagieren, sie zu vergewaltigen.
Ein Déjà-vu, die Wiederholung eines traumatischen Erlebnisses, das noch gar nicht so lange her ist.
Das Aufwachen seiner unfreiwilligen Sexualpartnerin scheint den primitiven, männlichen „Menschen" nicht zu stören, geschweige denn zu irritieren, sein Handeln zu beeinflussen.
Völlig auf sich und die Befriedigung seines sexuellen Triebs fixiert, setzt er stoisch seine Rein-Raus-Bewegungen fort.
Die schwere Last des athletischen Körpers ihres Peinigers macht es Jutta unmöglich, sich zu

bewegen, sich aus dieser passiven Lage zu befreien.

Der gesamte Unterleibsbereich schmerzt. Der Schmerz wird durch jeden seiner Stöße stimuliert und verlängert.

Der triebgesteuerte Artgenosse hat auch ihre Hände fixiert.

Tränen fließen Jutta die Wangen herab ob ihrer absoluten Machtlosigkeit – Schmerz, Verzweiflung und unbändige Wut.

Aus einer Notwehrreaktion heraus, von ihrem archaischen Überlebensinstinkt initiiert, presst sie einen schrillen, alles zerberstenden Ton aus den Stimmbändern.

Dieser extrem hohe, unerträgliche Schrei reißt das männliche Wesen aus seiner Erregung, lässt ihn abrupt innehalten. Diesen kurzen Moment der Irritation, diese Unterbrechung nutzt Jutta. Sie befreit einen ihrer Arme aus der Fixierung, sucht damit hektisch den Waldboden nach irgendeinem geeigneten Schlagobjekt ab und ertastet ein etwa faustgroßes, hartes, steinartiges Etwas. Blitzschnell wird es von ihren suchenden Fingern umfasst und ohne jeden Skrupel, ohne Vorwarnung lässt sie den Gegenstand mit all ihrer vorhandenen Kraft – unterstützt und verstärkt durch panische Angst – auf den Schädel des Verdutzten niedersausen.

Ein dumpfes Aufschlaggeräusch – ein unauffälliges „Pck", das Brechen des

Schädelknochens im linken Schläfenbereich – setzt dem sexuellen Übergriff des Mannes ein jähes Ende.

Er kippt völlig tonlos, seitlich von Juttas Körper weg, so dass sie sich ohne größere Anstrengung von der Last seines Körpers befreien kann.

Jutta greift sich sofort wieder den Schlaggegenstand, der ihr durch die Wucht des Aufschlags entglitten war, und drischt losgelöst von jeglicher Hemmung immer wieder auf den Schädel des Vergewaltigers ein.

Erst als sich durch die massiven Schläge eine größere Schädelknochenplatte vom Kopf löst und darunter die graue Masse des Gehirns sichtbar wird, stoppt sie ihre blutige Befreiungsorgie.

Erneut fließen Tränen.

Tränen der Erleichterung, der Erschöpfung, vermischt mit dem bedrückenden Gefühl, jemanden getötet zu haben, das Leben eines anderen Menschen ausgelöscht zu haben – unwiederbringlich und endgültig.

Jutta lässt ihre verweinten Augen langsam über den nackten, toten Körper ihres Peinigers schweifen.

Und tot ist er, daran hat sie nicht den geringsten Zweifel.

Ein ziemlich große klaffende Wunde am oberen Schädel inklusive freier Sicht auf einen Teilbereich des Gehirns lassen nur wenig Hoffnung auf eine Wiederauferstehung zu.

„Das hast du dir ehrlich verdient, du primitives Monster! Du hast es so gewollt!" schreit sie dem Toten voller Wut in sein jetzt ausdrucksloses Gesicht.

Seine toten Augen starren ins Leere.

Jutta hat – soweit sie sich erinnern kann – noch nie einen Menschen getötet, weder in ihrer Hoffmannschen Traumwelt noch in dieser, ihr noch in vielen Bereichen unbekannten, wirklichen Welt.

„Ich werd' schon klarkommen....ich MUSS klarkommen...", sagt sie leise zu sich selber.

Die Leiche liegt auf dem Rücken, ein Bein gerade, das andere leicht angewinkelt.

Der Penis ist grotesk überdimensioniert, ähnlich wie der ihres ersten unfreiwilligen Sexualpartners – anscheinend eine Standardgröße - und die Körperbehaarung ihres männlichen Opfers ist, im Gegensatz zu den anderen kleinen Menschen, denen sie bis jetzt begegnete, an gewissen Körperstellen ziemlich ausgeprägt.

Am unteren Teil des rechten Oberschenkels entdeckt Jutta eine bereits verheilte, aber relativ große Narbe, die sich über das Kniegelenk fast bis zur Mitte des Schienbeins abzeichnet. Am Fuß dieses Beines sind nur noch drei Zehen, an einer fehlt das Nagelglied – abgeheilte Verletzungen aus dem täglichen Überlebenskampf, wenn man von einem „wilden" Menschenmann ausgeht.

Auch ein Erkennungsring ist nicht vorhanden.

Andererseits können diese alten Wunden Erinnerungen, körperliche Zeugnisse an einen Aufenthalt auf einer Menschenzuchtfarm sein und so ein Identifikationsring ist entfernbar.

Ist aber nicht mehr wichtig.

„Wer weiß, wie lange der sich schon an mir zu schaffen gemacht hat, dieses hormongesteuerte Schwanzwesen.

Gott sei Dank hat mich kein größeres Raubtier entdeckt.

Dann hätte ich jetzt gar keine Probleme mehr."

Sie hat keine Ahnung, wie lange sie von den roten Beeren „ausgeknockt" worden ist.

Juttas Zeitempfinden für die vergangenen, bewusstlosen Stunden ist völlig gelöscht.

Obwohl es inzwischen Abend geworden ist – durch die dichten Baumwipfeln dringt kaum noch ein Lichtschein – verspürt sie keinerlei Müdigkeit.

Diese nicht eingeplante Auszeit, hat Juttas Energiereserven wieder aufgetankt. Deshalb wird sie ihre heutige Zu-Bett-geh-Zeit in die Nachtstunden verschieben und sich wieder auf die Nahrungssuche konzentrieren.

Jutta steht auf, wirft noch einen letzten Blick auf das tote männliche Wesen – das vom Täter zum Opfer wurde – und verlässt diesen Ort, diesen Tatort.

26.

*„…ich legte täglich nur ein Ei…"**

Der körperliche Schmerz im Unterleib beruhigt
sich langsam.
Jutta ist noch immer mit dem Tod ihres
Artgenossen beschäftigt.
Den Tod, den sie – Jutta – herbeigeführt hat.
Ein Totschlag, genaugenommen mehrere
Totschläge.
Schläge, wie viele weiß sie nicht mehr, die sein
Leben beendet haben. Wahrscheinlich war der
Erstschlag schon tödlich.
Jutta hat ihn totgeschlagen, umgebracht.
„Du bist jetzt ein Totschläger, Jutta."
Sie hält inne, steht still, fixiert einen bemoosten
Stein, der unmittelbar vor ihr auf dem Boden liegt.
Starrt ihn an.
„Der hätte es auch sein können.
Du hast dich nur gewehrt. Du hast dich aus einer
Notsituation befreit.
Unter Zuhilfenahme aller momentan zur
Verfügung stehenden Mittel."
Jutta richtet ihren Blick auf den Boden vor ihr.
Gedanken kreisen permanent um den Toten, dem
sie sein Leben genommen hat.
„Dein Gewissen kannst du nicht anlügen,
ausschalten, überbrücken.

Auch so ein Neuankömmling im Kopf.

Ohne Verstand und ohne Gewissen ist das Leben nur halb so besch....", reimt sie aus dem Stegreif.

„Also, Gewissen, lass mich in Ruh. Und warum bist du überhaupt hier?

Töten oder getötet werden – ein fundamentales Naturprinzip.

Ich hab mich für die erste Variante entschieden, außerdem war es Notwehr.

Du hast trotzdem erreicht, dass ich mich schuldig fühle, aber ich bin es nicht. ICH bin das Opfer, das zum Töten gezwungen wurde.

Ich bin die Vergewaltigte.

Ich bin die Überfallene.

Frei für die Lösung von Problemen, die da sicherlich noch kommen werden und auch schon eine ganze Weile da sind.

Zum Beispiel etwas einigermaßen Verträgliches zu Essen."

Jutta kommt sehr langsam voran und das Tageslicht verliert weiter an Intensität.

Es wird dunkel und sie braucht noch etwas Essbares, vielleicht diesmal ohne schlimmere Nebenwirkungen

Und ein Schlafplatz wäre auch nicht schlecht.

.

27.

*„…und sonntags auch mal zwei."**

Jutta setzt ihre Schritte zunehmend mit Bedacht. Ihre Sicht ist nur mehr auf das unmittelbare Umfeld beschränkt. Die Sättigung durch die roten Früchte hält glücklicherweise an und die Wahrscheinlichkeit, jetzt noch auf etwas Genießbares zu stoßen, nimmt rapide ab. Ein sicheres Nachtlager und der Tag ist gelaufen.

Ein Tag, dessen Geschehnisse sie begleiten werden, deren Umstände sie zur Täterin gemacht und in Folge etwas in ihrem Kopf in Bewegung gesetzt haben, das Jutta bis dato so nicht kannte. Und, das sie – unabhängig von Schuld oder Unschuld – noch länger beschäftigen wird.

Das Gewissen lässt sich nicht beliebig aus- oder einschalten.

Es meldet sich, es ist da, es ist hartnäckig. Es ist prädestiniert für Auseinandersetzung. Auseinandersetzung mit sich und der Frage, warum es sich gemeldet hat – das Gewissen.

Ihr Kopf ist voll von dieser Tat, von diesem Tatort. Juttas Gedanken kreisen permanent um die heutigen Geschehnisse.

Und fast hätte sie diese geschwungene hohe Wurzel übersehen, die einseitig einen relativ abgeschotteten Halbkreis bildet, einen Platz für die Nacht.

Jutta liegt kurz Probe auf dem moosigen Boden.

„Ausgezeichnet, wie für mich vorbereitet, nur leider ohne Zimmerservice", befindet sie die kleine Schlafbucht für sehr geeignet.

Einige große Farnblätter dienen als Decke und geringfügiger Schutz für Juttas nackten Körper.

Sie bewegt sich inzwischen ohne Kleidung völlig unbefangen. Ihre Nacktheit ist natürlich geworden, hat ihre Natürlichkeit wiedergefunden, so als wäre Jutta niemals mit Bekleidung in Berührung gekommen.

Jutta macht es sich in ihrer kleinen Schlafnische bequem. Ein weicher, morscher, moosiger Ast als Polster und einige Farnblätter als Decke lösen fast ein heimeliges Gefühl in ihr aus. Trotz der unfreiwilligen, längeren Schlafauszeit macht sich Müdigkeit breit.

Während sie noch hofft, dass der heutige, ereignisreiche Tag keine allzu negativen Einflüsse und Nachwirkungen auf ihre Schlafphase hat – vielleicht sogar eine harmonische Traumsequenz der geliebten Hoffmanns auslöst – fallen ihr die Augen zu.

28.

„Der Mann hat's auf der Welt nicht leicht,..." *

„Lauf, Jutta, lauf!
Laaaaaaaaaaaaaaaaaaauuuuuuuuuuuuuuf!!!!!!!!!!!!!!",
brüllt es in ihrem Kopf.
„Um Gottes Willen, lauf!!!!!!!"
„Der will dir nichts Gutes. Der will sich
„bedanken" für den schmerzvollen, brachial
chirurgischen Eingriff an seinem Schädel."
Er kommt näher, er kommt immer näher. Sie kann
es spüren, wie sich der Abstand zwischen ihnen
reduziert.
Sein Keuchen, sein Röcheln, sein Stampfen, alles
wird lauter.
Sie kann nicht schneller.
Zweige, Äste, Blätter, Nadeln peitschen auf sie
ein, reißen ihre Haut auf.
Eine blutige, wutentbrannte, völlig außer Kontrolle
geratene Rachelokomotive in Menschengestalt rast
ungebremst auf sie zu.
Sie kann seinen lauwarmen, übel riechenden Atem
im Nacken wahrnehmen.
Ein unausgesprochenes „Ich krieg dich!"
Gleich wird sich dieser hochexplosive
Emotionssprengstoff aus Wut, Vergeltung und
Hass an ihr entzünden.
Jutta bleibt stehen.

Sie kann nicht mehr.

Stille.

Kein Keuchen, kein Röcheln, kein Stampfen, absolut nichts.

Als hätte jemand den globalen „Ton-aus"- Knopf gedrückt.

Jutta dreht sich ganz langsam um.

Direkt vor ihr hängt der ziemlich übel zugerichtete Kopf ihres männlichen Peinigers.

Das partiell offen liegende Gehirn, das von einer getrockneten Schicht Blut überzogene Gesicht und die brutal abgerissene Halspartie mit herunterhängenden Blutgefäßsträngen und Fleischstücken –

gehalten von einer Klaue, die zu einem Wesen gehört, das sich unauslöschlich in ihr Erinnerungsvermögen eingebrannt hat:

Der geflügelte Bauer...

Er hat sie wiedergefunden und jetzt steht sie – Jutta – auf seinem Speiseplan.

„Sieh mal, was ich hier für dich hab' , du undankbares Stück Fleisch!", brüllt sie das Geflügelmonster in einer grotesk verzerrten Stimme an.

In der zweiten Kralle, die langsam von hinten vorkommt, ein zweiter Kopf, der, nur an den Haaren gehalten, in einem grauenhaften Szenario baumelt und sich jetzt langsam mit dem Gesicht zu Jutta dreht.

Es...
ist...
Georg!!!

29.

*„...das Kämpfen ist sein Zweck."**

Jutta fährt hoch und reißt die Augen auf.

Grelles, strahlendes Sonnenlicht lassen sie sie gleich wieder schließen.

Sie führt ihre Hand zum Unterschenkel und kneift sich kräftig in die Wade.

Ein nicht zu unterdrückender „Aah!"-Schrei lässt sie Gewissheit haben.

Jutta ist erleichtert.

Sie öffnet vorsichtig die Augen.

„Ich bin noch immer im Wald – allein.

Ach ja, gestern hab' ich einen Mann erschlagen, weil er mit mir Sex hatte, ohne mich vorher zu fragen....ansonsten nicht viel los, schon fast langweilig", schmunzelt sie in die Morgensonne.

Ihr Nachtlager hat sich bewährt und abgesehen vom Besuch des Geflügelbauern in ihrem Traum, der ihrer Schlafenszeit abrupt ein Ende setzte, hat Jutta eine akzeptable Nacht hinter sich.

Sie sitzt auf dem Waldboden, hat ihre Nachtdecke aus Waldblättern abgelegt und lehnt mit dem Rücken an der großen Wurzel, die fast halbkreisförmig verwachsen, sehr guten Schutz über die dunklen Stunden geboten hat.

Auch ihre Unterleibsschmerzen sind abgeklungen.

„Hab ich eigentlich jemals meine Tage gehabt",
kommt es Jutta spontan in den Sinn.
„Vielleicht läuft das hier mit der weiblichen
Fruchtbarkeit anders ab.
Was ist, wenn dieses männliche Prachtexemplar
seine Fortpflanzungsflüssigkeit in mir verteilt hat?
Wenn er mich geschwängert hat?"
Jutta konzentriert sich, versucht sich an so etwas
wie eine Menstruation zu erinnern und wird
automatisch immer wieder mit Bildern aus der
Hoffmann'schen Welt konfrontiert. Jutta
Hoffmanns monatlicher Zyklus war regelmäßig
und erfreulicherweise nicht sehr intensiv und blieb
nur zweimal aus – einmal mit Namen Ulla und ein
Ausbleiben namens Lena.
So sehr sie auch wühlte in ihrem
Langzeitgedächtnis, ihr kommen immer wieder nur
Erinnerungsfetzen aus der Familientraumwelt in
den Sinn, kein Blutausfluss oder eine blutähnliche
Ausscheidung aus ihrem Unterleib, keine
Bildabspeicherung in ihrem Kopf, die mit einer
Menstruation vergleichbar wäre.
„Mach dir keinen Kopf, Jutta, über Sachen die sein
könnten, dürften, müssten, sollten. Dir geht es
momentan mehr oder weniger gut, das ist in deiner
Situation schon ziemlich zufriedenstellend. Diese
Mitbringsel aus deiner Traumwelt, diese
irrationalen Zukunftsängste, dieser langfristige
Planungszwang, das alles hilft dir nicht weiter.

Konzentration auf jetzige Bedürfnisse. Nicht gestern, nicht morgen, das Heute und vor allem das Jetzt zählt."

Jutta steht auf und streckt sich kräftig durch. Sie schiebt ihre Gedanken beiseite und macht sich auf, den Jetzt-Bedarf zufriedenzustellen, den Hunger und den Durst.

Die Richtung ist schnell ausgewählt. Sie wird den Weg beibehalten, den sie gestern eingeschlagen hat, um aus diesem Wald raus zukommen und den Rest dieser Welt – zumindest einen lokalen Ausschnitt – zu erkunden.

Jutta lässt ihr Schlafquartier hinter sich und schon nach einer kurzen, zurückgelegten Wegstrecke, drängt sich ein neuer Gedanke auf.

„Bin ich, Jutta, der kleine Zuchtmensch, ein Pflanzen- oder ein Allesfresser?"

Die Mahlzeiten auf dem Bauernhof – dieser ewig gleiche Gemüse-Obst-Getreidematsch ohne geschmackliche Höhepunkte – waren fleischlos.

Die Himbeeren waren zwar köstlich und auch sättigend, hatten aber auch andere, nicht unbedingt ungefährliche Neben- und Nachwirkungen.

Fast hätte sie das kleine Rinnsal übersehen. Nur teilweise einsehbar, von dichten, langen Gräsern und Sträuchern beinahe überwachsen, fließt es über den Waldboden.

Jutta kniet sich an einer mehr oder weniger unbewachsenen Stelle nieder. Ihre Erfahrungen lassen sie vorsichtiger werden. Sie steckt ihren rechten Zeigefinger kurz ins Wasser und schnuppert an der Probe.

Der anschließende Geschmackstest lässt Zweifel und Vorsicht schwinden.

Die Qualität scheint einwandfrei und Jutta schlürft genüsslich gierig das klare Nass des Quellbaches.

In den immer wieder eingelegten Trinkpausen lauscht sie dem leisen Plätschern des Wassers, das ein sehr beruhigendes, entspannendes Gefühl in ihr auslöst.

Gleichzeitig hat sie auch immer ein offenes Ohr für Geräusche, die eine eventuelle Gefahr ankündigen. Sie ist mittlerweile ziemlich sensibilisiert, was Gefahren und Bedrohungen jeglicher Art anbelangt und permanent auf der Hut.

Der Durst ist mehr als gestillt, leider hat Jutta keine Möglichkeit, einen Wasservorrat mitzunehmen.

Sie schirmt mit einer Hand das blendende Sonnenlicht ab und bemüht sich, in Richtung ihres eingeschlagenen Weges eine Lichtung, ein Ende des Waldstückes, zu erspähen.

Aber soweit sie sehen kann nur Bäume, Sträucher, Gräser, Dickicht, Unterholz in den verschiedensten Grün- und Brauntönen – eben Wald, bis zum Horizont.

Kleine und mittelgroße Wurzeln überwindet sie mit großem Geschick und effizientem

Energieeinsatz. Die wirklich mächtigen Baumwurzeln ringen ihr intensiven Kraft- und auch Zeitaufwand ab, um sie hinter sich zu lassen.

Bei einer ihrer Überkletterungsaktionen fällt ihr Blick auf ihre bis dato unbehaarte Schamgegend und sie entdeckt einen zarten Haarflaum, den sie anschließend auch unter den Achseln und an diversen anderen Stellen feststellen kann. Sie streicht mit der Hand langsam über ihren Kopf und spürt auch dort sanft aufkeimenden Haarwuchs.

Sie ist positiv überrascht ob ihrer Haarpracht, die eigentlich noch keine ist.

Vermutlich wird der Haarwuchs im Normalfall schon ab der Geburt mittels Zuführung hormoneller Mittel durch die Nahrung gestoppt.

Auch ihr männlicher Peiniger war fast am ganzen Körper behaart, aber ihm fehlte auch dieser Erkennungsring mit den Schriftzeichen.

Im Nachhinein bereut Jutta, sich seine Handgelenke nicht näher angesehen zu haben. Sie hätte zumindest Hinweise für das langfristige Tragen eines solchen künstlichen Merkmals entdecken können.

Vielleicht gibt es eine wilde Menschenart, aus der die domestizierte Rasse gezüchtet wurde. Ursprüngliche, behaarte, wilde Waldmänner und -frauen, die die Basis für die Zuchtmenschen als Fleischlieferanten bildeten und möglicherweise noch immer bilden.

Jutta hält kurz inne.

Ein wunderschöner Schmetterling hat sich auf ihrem Unterarm niedergelassen.

Die Flügelspannweite dieses fragilen Wesens entspricht fast der Unterarmlänge.

Das Farbspektrum der animalischen Tragflächen ist beeindruckend.

Sämtliche Violett-, Lila-, Rosa-, Purpurtöne schillern im hellen Sommerlicht.

Durchbrochen nur von feinen, schwarzen Strukturlinien.

Vor lauter Staunen hat sich Juttas Mund geöffnet.

Völlig regungslos und fast gewichtslos ist diese Insektenschönheit auf der Haut kaum spürbar.

Dieses ästhetische Empfinden, dieser Sinn für schöne Dinge ist auch so eine Eigenschaft, die sie – Jutta – „bekommen" hat.

Ganz, ganz langsam nähert sie sich mit der anderen Hand, mit der Spitze des Zeigefingers einem Flügel, einfach nur um ihn behutsam zu berühren, diese zarte Oberfläche zu spüren.

Aber kurz vor dem Kontakt zwischen Finger und Flügel entschwindet der Schmetterling, hebt wieder ab von der menschlichen Zwischenlandestation, zurück in die Lüfte des Waldes.

Jutta beobachtet ihn noch ein paar Augenblicke.

„Wie mir doch diese Welt der Hoffmanns fehlt", sinniert sie still in sich hinein.

„Die Kommunikation mit anderen Menschen. Menschen mit sozialem Empfinden, Empathie und Intellekt. Gespräche über den Alltag, über Emotionen, über die schönen Dinge des Lebens - alles vorbei.

Jetzt bleiben mir nur noch Selbstgespräche.

Freu' dich wenigstens über deine wieder sprießenden Haare..."

Sie beendet die kurze Schmetterlingspause und setzt ihren Weg in Richtung Lichtung, in eine neue, fremde Welt – wo immer, die auch ist – fort.

Eine eigentlich bekannte Welt, die sie nur jetzt mit anderen Augen, anderen Emotionen, anderen Eindrücken wahrnimmt, kennenlernt, entdeckt.

Nur weg aus dem Umfeld dieses Bauernhofes, aus dem Dunstkreis des Geschlachtet- und Gegessenwerdens.

Jutta schwitzt sich die Seele aus dem Leib. Die Sonne brennt heiß – und nur teilweise von den Baumkronen des Waldes gefiltert – vom Himmel auf sie herunter.

Mittlerweile überwindet sie die grünen Hindernisse des Waldes recht gut.

Diverses Wurzelwerk, Unterholz, dichtes Gewächs unterschiedlichster Art und Größe lässt sie mit dementsprechenden Spuren auf ihrem Körper hinter sich. Kratzer, Striemen, Blutergüsse und Abschürfungen – Abdrücke ihrer Flucht.

Wobei der Pegel ihres Schmerzempfindens einen Level erreicht hat, der an der völligen Unempfindlichkeit kratzt.

Als Jutta von einer eben überwundenen Wurzel, einem größeren Exemplar, auf den Waldboden springt, steigt ihr ein sehr intensiver, aber nicht unangenehmer Duft in die Nase.

Sie konzentriert sich auf das Extremaroma und lässt sich von ihrem Riechorgan leiten. Wie ein Spürhund saugt sie die Duftstoffe ein, die trotz oder auch wegen der Intensität ihren Appetit, ihren Hunger anregen. Ohne wirklich auf ihre Füße zu achten – auf sicheren Tritt in diesem unwegsamen Gelände – verfolgt sie wie eine Süchtige die Duftspur, um zum Produzenten dieses wunderbaren Lockgeruches zu gelangen.

Und dann der erste Sichtkontakt.

Die Optik dieses Nahrungsangebotes kann mit dem himmlischen Aroma bei Weitem nicht Schritt halten. Es ist nicht nur ein Schlag ins Gesicht, sondern einer direkt ins Auge, das in diesem Fall keineswegs mitisst, geschweige denn zum Essen animiert.

An einem großen Strauch hängen nun diese Früchte, die zwar einen unglaublichen Duft verbreiten, aber aussehen, als hätte jemand seine analen Ausscheidungen an einen grünen Stengel geklebt und das Ganze dann auf diesem Strauch verteilt.

Jutta schließt ihre Augen, um nicht länger diesen unappetitlichen Anblick in sich aufzunehmen und damit ihren ohnehin schon überstrapazierten Magen und diverse Schleimhäute erneut herauszufordern.

Gleichzeitig mit den geschlossenen Augen intensiviert sich wieder dieser phänomenale Duft, umschmeichelt die Geruchsrezeptoren in ihrem Riechorgan. Es riecht wunderbar nach Geröstetem, Gegrilltem, Gegartem, nach gebratenem Fleisch.

Eine Geruchsspezifikation, die Jutta spontan der Welt der Hoffmanns zuordnet.

Sie kann sich an keine Fleischmahlzeit auf dem Hof des Geflügelbauern erinnern.

Sie wird es riskieren und ihr leerer Magen lässt Jutta auch gar keine andere Wahl.

Ihre grauen Zellen lassen nicht lange auf sich warten und starten augenblicklich ein kulinarisches Kopfkino, in dem sie die aromatischen Eindrücke visualisieren.

Die Wirklichkeit wird weg imaginiert, die optische Erstimpression wird überlagert.

Butterweiches, zartes Fleisch mit Knusperkruste, ein dünner geschmackvoller Fettrand.

Jutta öffnet automatisch ihre Lippen, um diese virtuelle kulinarische Versuchung vom Kopf in ihren Mund und ihren Magen zu befördern.

Sie hat ihre Augen noch immer zu.

„Und die bleiben auch zu", sagt sie laut zu sich selber.

Sie wird sich diese delikate Aromadroge nicht von dieser optischen Unappetitlichkeit weg visualisieren lassen, um dann wieder hungrig von dannen zu ziehen oder, viel schlimmer, den Verdauungsapparat wieder in umgekehrter Richtung belasten zu müssen.

Jutta steht genau vor dem Strauch der Versuchung und eine dieser Früchte hängt in unmittelbarer Nähe ihrer Nase. Langsam hebt sie die rechte Hand, bewegt sie in Richtung dieser Frucht. Vorsichtig tastet sie die Oberfläche ab, als könnte sich das Ganze bei grober, unachtsamer Behandlung in nichts auflösen, in eine virtuelle Welt entschwinden, zu der sie keinen Zugang hat und sie wieder hungrig zurücklassen.

Ihre Fingerspitzen fühlen die weiche, glatte Haut. Jutta drückt ganz sanft, fast zärtlich, eine der Hängefrüchte zwischen Daumen und Zeigefinger.

Die Festigkeit und Konsistenz eines Bratwürstchens in rohem Zustand.

Irgendwo zwischen Banane und einer noch nicht zubereiteten Wurst.

Jutta wird diese Frucht essen. Das ist sie ihrem Hungergefühl schuldig, jenseits aller unappetitlichen Ersteindrücke. Sie zieht leicht an der bananen– oder wurstähnlichen Frucht, die sich mit einem leichten Knacken vom Strauch löst.

Kurz vor dem ersten Biss, zieht sie noch einmal diesen herrlichen Duft intensiv und kräftig durch ihre Nase ein.

Dann öffnet sie ihren Mund und ihre Schneidezähne durchtrennen zuerst ganz langsam die feine Haut und in Folge das Fruchtfleisch.

Gespannt wartet sie wenige Momente auf das Feedback der Geschmackssensoren in ihrem Mund.

„MMMMaaaaaaaaaahhhmmmm", ist Juttas Antwort darauf.

Das anfänglich leicht Bittere der dünnen Haut weicht einer sehr dominierenden, intensiven, würzigen Geschmacksmischung aus gehacktem Fleisch, und diversen Gemüsesorten.

Der Geschmack steht dem Aroma in nichts nach.

Durch das erste Abbeißen der Fruchtspitze und das Entdecken des Bittergeschmacks der Haut, drückt sie nun das breiige Fruchtfleisch von hinten nach vorne in ihren Mund, ohne die dünne und nicht ganz so wohlschmeckende Haut verzehren zu müssen.

Jutta gibt sich ganz dem Genuss dieser Leckerbissen hin und lässt das Gefahrenpotential, das letztendlich in jedem unbekannten Nahrungsmittel lauert, außen vor.

„Sei's drum", beginnt Jutta ein Selbstgespräch, „wenn hier etwas Giftiges drin ist, dann war's das halt. Punkt aus. Dann sterbe ich wenigstens mit vollem Magen und nicht ausgehungert und ich hatte vor allem noch ein vorzügliches Mahl....", pflückt sich die nächste Frucht vom Strauch und drückt sich die Fruchtfleischköstlichkeit in den Mund. Sie ist dazu übergegangen, auf einer Seite die Haut abzubeißen und sie dann auszuspucken, um das Bittere vom Fruchtfleisch zu trennen.

Nachdem sie ein paar Früchte gepflückt hat, sucht sie sich eine einigermaßen bequeme Sitzgelegenheit in der Nähe und beginnt genussvoll sich den gerade geernteten Proviant einzuverleiben.

30.

*„Und hat er endlich was erreicht,..."**

Jutta schlägt sich den Bauch voll, bis sie nicht mehr kann. Sie isst auf Vorrat und nach einer kurzen Verdauungspause bricht sie wieder auf.

An einer kleinen Wasserpfütze kniet sie nieder, um ihren Durst zu stillen.

Bei dieser sommerlichen Hitze und den andauernden und anstrengenden Wurzelüberkletterungen muss sie Acht geben und darf ihren Flüssigkeitshaushalt nicht zu sehr ausreizen.

Gerade als ihre Lippen fast die Wasseroberfläche der Pfütze berühren, spürt sie einen höllischen, brachialen Schmerz an der linken Ferse, als hätte ihr jemand einen Nagel durch das linke, hintere Fußende geschlagen.

„Aaaaaaaaaah!!!!!!!!!!!", schreit sie schmerzgepeinigt auf.

Reflexartig rollt sich Jutta auf den Rücken und erblickt ein rot befelltes, riesiges Tier mit buschigem Schwanz, das sich gerade an ihrem linken Fuß zu schaffen macht.

Sich des Ernstes der Lage bewusst und ihren Überlebenswillen durch den extremen Schmerz spontan aktiviert und angestachelt, rammt sie ihren rechten Fuß mit voller Kraft aus ihrem Kniegelenk heraus genau zwischen die zwei Nasenlöcher auf das Riechorgan des fuchsartigen Wesens.

Und noch einmal und noch einmal und noch einmal, bis er von ihrem Beutefuß ablässt. Das an Juttas Ferse festgebissene Fuchskiefer öffnet sich und bewirkt eine fühlbare Schmerzlinderung. Sie nutzt die momentane Irritation des Angreifers, der inzwischen stark aus der Nase blutet, für ein paar heftige Nachtritte auf die blutige Frontpartie direkt unter seinem Riechteil. Voller Hoffnung, ihre sehr schmerzvolle und effektive Gegenwehr würde eine Abkehr von Jutta als Mahlzeit und eine Flucht bewirken, wähnt sie sich einen kurzen Moment als Triumphator dieses ungleichen Kampfes.

Jutta in der siegreichen David-Rolle. Doch anstatt das Weite zu suchen und abzuhauen, schwenkt der riesige Fuchsschädel und geht auf direkte Konfrontation, um die schon sicher geglaubte Nahrungsquelle endgültig zu eliminieren.

Das Maul des Roten nähert sich Juttas lebenswichtigen Weichteilen.

Es blutet noch immer sehr stark aus der Nase des Fuchswesens direkt auf Juttas nackte Haut. Sein Blut verteilt sich wie eine Beißmarkierung.

Paralysiert und völlig bewegungsunfähig, starr vor Angst und Anspannung, wartet sie auf den finalen Biss des Rotbefellten.

Die Augen geschlossen und den modrigen Geruch aus dem Fuchsmaul in der Nase, ist sie sich ihres nahenden Endes sicher.

Auf einmal ein Laut aus dem Maul des Angreifers, ähnlich dem Schreien eines Kindes.
Sie nimmt abrupte Bewegungen wahr und die schnell leiser werdenden Fluchtgeräusche des Fuchses, der sie als Mahlzeit auserkoren hatte.
Jutta wagt es nicht, ihre Augen zu öffnen.
Das rote Raubtier ist durch irgendwen oder irgendwas in die Flucht geschlagen worden. Von ihm geht keine Gefahr mehr aus, zumindest momentan – das spürt sie.
Aber vielleicht hat sich nur das Szenario geändert, vielleicht ist die Bedrohung noch immer da, nur der Angreifer ist ein anderer.
Intensiv spürt sie die Anwesenheit eines anderen Lebewesens.
Jutta hört ein leises, ruckartiges Einatmen.
Es ist nicht das eigene.
Und sie spürt einen warmen Atem ganz nah an ihrem Intimbereich.
Trotz dieser angespannten Umstände fühlt sie sich spontan an die sexuelle Zweisamkeit mit Georg erinnert, an seinen sehr geschickten leichtzüngigen Umgang mit ihren erregbaren Zonen.
Der warme Atem, das Einatmen, dieses Beschnuppern wird fortgesetzt.

Am Bauchnabel, an den Brüsten, an den Achseln...
Sie spürt kurze Berührungen einer anderen,
fremden Haut
Auch haarlos, wie die ihre.
Das Atmen, das Schnuppern wird lauter.
Der Mund, die Nase dieses Wesens sind ganz nah
an Juttas Gesicht.
Sie macht die Augen auf.
Und blickt direkt in Menschenaugen.
In die Augen eines weiblichen, sanft geformten
Frauen- oder Mädchengesichtes.
Ihr kommt die Bezeichnung Kindfrau in den Sinn.
Die Anspannung sinkt, der Stresspegel
normalisiert sich langsam.
Sie weiß, dass von diesem Mädchen keine Gefahr
ausgeht.
„Frssnn Frooooouuu!"
Dieselbe harte, heraus gepresste, lautähnliche
Sprache, die Jutta schon vom Bauernhof kennt und
sie hat keine Schwierigkeiten, die doch sehr
abgehackte, unregelmäßige Aussprache zu
verstehen.
Wie von selbst – fast in Zeitlupe – bewegt sich
Juttas Hand auf das Gesicht des Mädchens zu und
streichelt, nur mit den Fingerkuppen die Haut
berührend, zärtlich über die Wange.
Die junge Frau könnte ihre Tochter sein.
Das Mädchen wendet sich dem verletzten Fuß zu
und begutachtet durch sanftes Abtasten der

beeinträchtigten linken Fersenregion die Schwere der Verletzung.

„Frrrrooooouuu gtt mchnnn...
gtt mchnn Frrroooou…"

Ihre Artgenossin ist körperlich ähnlich gebaut wie Jutta:
Sehr schlank, beinahe maskulin.
Das Weibliche ist allenfalls am feingliedrigen Körperbau und natürlich am Fehlen des männlichen Geschlechtsteils zu erkennen.
Ihre Scham ist von einem zarten, dunklen Flaum bewachsen, ebenso wie ihre Achseln und auch am Kopf trägt sie so etwas Ähnliches wie eine Frisur – kurz und wirr. Der Rest des Körpers ist haarlos.
Trotz dieses fast geschlechtslosen, teils sehr vermännlichten Körpers und dem Existieren unter diesen rauen Lebensbedingungen, wirken die Gesichtszüge dieser Mädchenfrau sehr weich, feminin und sanft.
Sie erinnert Jutta ein wenig an diese sehr modern gewordenen Hungermodels – sehr groß, extrem schlank. mit einem verbliebenen Minimum an Weiblichkeit und im Gesicht eine Mischung aus ernster Entschlossenheit und künstlicher Melancholie.
Jutta spürt von Anfang an eine nicht näher definierbare, spontane Sympathie für die Fremde.

Ihre erste Bezeichnung als Kindfrau ist sehr treffend für dieses Wesen.

Jutta setzt sich auf.

„Danke, Mädchen, du hast mir das Leben gerettet. Vielen, herzlichen Dank.

Auch wenn Du mich nicht verstehen kannst."

Und während sie die Dankesworte spricht, streichelt sie dem Mädchen zärtlich über den Kopf.

„Gutes Mädchen!"

Jutta lächelt ihre ganz neue Bekanntschaft offenherzig an.

Und auch über das Gesicht des Mädchens huscht so etwas wie der Ansatz eines freundlichen nonverbalen Erwiderns von Juttas Versuch eines Freundschaftsangebots.

Das weibliche Wesen schaut ihr tief in die Augen und streicht Jutta mit den Fingerkuppen ihrer rechten Hand sanft, scheinbar berührungslos über den kahlen Schädel.

„Guuoott Frrrrou...", presst das Mädchen leise hervor.

Jutta ist berührt und gerührt von dieser unerwarteten, unglaublich zärtlichen Berührung.

Die erste Zärtlichkeit nach so langer Zeit von einem ihr völlig unbekannten menschlichen Wesen.

„Frooou mt.

Mchn Frrou gtt, ...

Frrou gtt..."

Das Mädchen reicht Jutta die Hand, um ihr beim Aufstehen behilflich zu sein.

Erstaunlich, wie viel soziales Verhalten diese junge Frau an den Tag legt, geht man von der hohen Wahrscheinlichkeit aus, dass ihr alltäglicher Überlebenskampf doch sehr hart ist.

Als sie den verletzten Fuß vorsichtig belastet, durchfährt ein kurzer, aber heftiger Schmerz den angebissenen Fersenbereich.

Automatisch entlastet sie den Fuß und nimmt gerne die Hilfe ihrer neuen Freundin in Anspruch.

Die äußeren Verletzungen der Ferse fallen auf den ersten Blick nur wenig auf.

Der Biss des Fuchses dürfte tief ins Fleisch gegangen sein, womöglich Sehnen und Muskeln verletzt haben, von einer Infektion durch den Speichel des roten Raubtieres ganz zu schweigen.

Einen Arm um deren Schulter gelegt und sich gleichzeitig auf ihre sehr zierliche Helferin stützend, verlässt sich Jutta auf diese junge Samariterin.

Vertrauend auf deren geografische Kenntnisse in ihrem unmittelbaren Lebensraum und auch auf die geäußerte Heilversorgung.

Und sie spürt, dass dieses Vertrauen nicht enttäuscht wird.

31.

*„...nimmt's eine Frau ihm weg."**

Der Weg zum Schlafplatz des Mädchens dauert doch etliche Stunden.

Ein Aufenthalts- und Rückzugsort – ein Fixpunkt, den man als ihren Wohnsitz bezeichnen könnte.

Das ohnehin langsame Vorankommen wird viele Male durch Pausen unterbrochen, die verletzungsbedingt in erster Linie für Jutta erforderlich sind. Ihre ortskundige Retterin nimmt diese zum Anlass, um Wasser und Nahrung zu besorgen.

Das Mädchen ist mit den Gegebenheiten dieses Waldgebietes – ihrer Heimat – bestens vertraut.

Sie kennt jede noch so kleine Wasserstelle und alles irgendwie Genießbare und Verdauliche in nächster Umgebung.

Als zum Wassertransport geeignetes Gefäß lernt Jutta ein trichterförmiges Blatt kennen und auch die köstlich duftenden, nach Ausgeschiedenem aussehenden Früchte werden wieder verspeist.

Alles im Allem verläuft die strapaziöse Tour zwar in einem sehr langsamen Tempo, aber auch ohne nur den Ansatz einer offensichtlichen Gefährdung.

Plötzlich bleibt das Mädchen stehen und mit einer bedeutungsschwangeren Armgeste erklärt es:

„ Gt mchnn Frrroouuu...

mchnn Frrroouuu gtt!"

Der Ort ist Juttas Schlafplatz ähnlich.

Auf der einen Seite bildet eine hohe, fast halbkreisförmige Wurzel eine natürliche Barriere, auf der anderen Seite schließt eine kleinere Wurzel an die andere an. Das dichte Geäst und die Beblätterung schützen nach oben einigermaßen vor Niederschlägen.

„ Froouu, gtt Froou...", weist das Mädchen ihre Begleiterin mit einer Geste auf eine Stelle mit frischen, großen Blättern – die Schlafstätte.

Jutta ist sehr froh, endlich einen Ruheplatz zu haben, an dem sie die Möglichkeit hat, ihren verletzten Fuß auszukurieren oder vorerst nicht mehr zu belasten.

Sie setzt sich erschöpft auf die frischen Blätter und lässt sich langsam und behutsam auf die rechte Körperseite niedersinken – ihre linke Ferse nach oben – um nicht unbeabsichtigt mit dem Gewicht des anderen Beines Druck auf die schmerzende Stelle auszuüben. Sie spürt leichtes Pochen und der Fuß fühlt sich unnatürlich warm an.

„Froou,...

mchnnn gtt Froou!" presst das Waldmädchen in ihrer lauten, harten, nicht immer sofort verständlichen Sprache hervor, wendet sich ab und verlässt das Lager. Jutta sieht ihr nach, bis sie im Wald verschwindet. Auch bei ihrer Helferin fällt sofort eine ziemlich große Narbe auf, die in der

Mitte der Wade des rechten Unterschenkels beginnt und sich über den Knöchelbereich bis zum Fersenansatz zieht, aber, wie Jutta beobachtet, das Gehverhalten keineswegs beeinflusst.

Auf dem Weg in dieses Schlaflager hat Jutta auch bei diesem Mädchen das Fehlen des normalerweise am linken Handgelenk befindlichen Erkennungsringes entdeckt. Das lange, zu enge Tragen, hat einen narbenartigen Abdruck auf der Haut des Gelenks hinterlassen. Darüber hinaus fehlt an der linken Hand des Mädchens ein wesentlicher Teil des kleinen Fingers.

Nur ein kleiner Reststumpf des ersten Gliedes befindet sich noch an der Hand.

Vernarbte Verletzungen, die auch bei oberflächlicher Beobachtung sofort auffallen.

Jutta lauscht den Geräuschen des Waldes, die sich mit dem Pochen ihres angebissenen Fußes und dem ihres Herzschlages vermischen.

Sie fühlt sich alles andere als wohl in ihrer Situation. Allein, verletzt, angreifbar und ihr Energiepegel dümpelt irgendwo im untersten Bereich herum.

Für alle Fressfeinde ein Fertiggericht auf dem Opfertablett serviert.

Angst und Schmerz verbünden sich zu einer Symbiose, die sie aus der Realität in einen Dämmerzustand drängen, in dem sie nur mehr beiläufig wahrnimmt, dass das Waldmädchen zurückkehrt.

Bepackt mit einem großen Blatt als Tablett, transportiert das Mädchen darauf eine erdige Masse. Sie setzt sich neben Jutta.

„Frrrouu mchnn gt,...

Frrouu gt", und zeigt mit dem Finger auf sich.

Jutta ist auf Grund ihres Zustandes für jede Heilungsvariante offen und lässt – auch mangels medizinischer Alternativen – den hoffentlich heilenden Fähigkeiten ihres Waldmädchens freie Hand.

Juttas Neugier steigt, als ihre neue Freundin aufsteht und mit einem Fuß Jutta übersteigt. Die junge Frau positioniert sich breitbeinig über Jutta und senkt ihren Po langsam auf die Verletzung des linken Fußes, ohne die versehrte Stelle zu berühren.

Jutta spürt den warmen Urin, der die Fleischwunde des Fuchsbisses angenehm umspült. Ein Gefühl des „Beschützt-seins" und des „Gesund-gemacht-Werdens" machen sich in Jutta breit und verdrängen die übermächtig gewordene Angst in ihrem Kopf.

Als die Heilnotdurft beendet ist, beginnt die Waldfrau die mitgebrachte erdartige Masse auf der angebissenen Ferse zu verteilen.

Gekonnt gefühlvoll, fast routiniert massiert sie den morastigen Schlamm auf der Wunde ein, bis der gesamte verletzte Bereich mit der braunen Moorsalbe abgedeckt ist.

„Frouu schlffnn, …

Rrdee mchn gtt."

Mit ihren ungereinigten, erdigen Händen streicht das Mädchen Jutta über die zart wieder aufkeimenden Haarborsten auf der Kopfhaut, so als könnte sie den benötigten Ruhezustand damit herbeiführen, sie in den alles gut machenden Schlaf streicheln.

Diesen erdigen Geruch der streichelnden, beruhigenden Hände in der Nase verliert Jutta die Verbindung zur Realität und fällt in einen fiebrigen Dämmerzustand.

32.

*„Er lebt, wenn's hoch kommt, hundert Jahr..."**

Jutta versucht die Augen aufzumachen, aber sie schafft es nicht, ihre Augenlider zu heben, so sehr sie sich auch anstrengt. Der Augenbereich ist verkrustet, verklebt, verhärtet.

Aus einem Reflex heraus will sie mit den Händen die Augen frei reiben, die Verkrustung lösen, aber auch ihre Hände sind unbenutzbar.

Sie sind gefesselt.

Jutta spürt nur etwas auf ihrem Kopf. Immer an derselben Stelle. Eine regelmäßige, immer wiederkehrende Berührung. Etwas, das von oben auf sie heruntertropft. Ganz monoton, ein Berührungs-Metronom in Zeitlupe.

Und von diesem Berührungspunkt aus, läuft diese Flüssigkeit ganz langsam über ihre Stirn und verteilt sich auf den Lidern der Augen, gleich einem scheinbaren Versuch die harten Krusten aufzuweichen, sie aber im Gegenteil eigentlich verstärkend.

„Tp, 1,2,3,4,5,6,...", zählt Jutta automatisch die Sekunden zwischen den Berührungen, zwischen dem einzelnen Aufprallen der Tropfen, „...7, tp 8,9,10,11,12,13,14,   tp,15,16,17,18,19,20,21, tp,22,23,24,25,26,27,27,28,
 tp,1,2,3,4,5..."

Die Augen sind nicht aufzukriegen, wie verschweißt.

Außer diesem monotonen, gleichmäßigen, mehr fühlbar wie hörbaren „Tp", der Fremdberührung auf ihren Haarstoppeln, kann sie auch nichts wahrnehmen.

Jutta horcht konzentriert in die Stille zwischen den Aufprallgeräuschen – nichts.

Ihr kommen plötzlich die drei Affen in den Sinn „Nicht hören – nicht sehen – nicht sprechen".

Als hätte sie diesen Gedankengang gebraucht, öffnet Jutta ihren Mund und tastet mit ihrer Zunge den gesamten, mit dem Geschmacksorgan erreichbaren Bereich ihres Gesichts ab, um eventuell zu erschmecken, was da auf sie tropft.

Irgendwo auf der linken Seite des Mundes stößt sie auf etwas Hartes.

Mit der Zungenspitze leckt sie hartnäckig daran und lässt das Abgeleckte auf der Zunge wirken.

Die Geschmacksrezeptoren und -knospen arbeiten schnell und effizient, liefern Jutta ein Ergebnis.

„Schmeckt wie...

wie...

wie...", ihre bis jetzt vorherrschende leichte Unruhe wird schlagartig von einem alles überlagerndem Panikgefühl verdrängt, „wie....Blut."

Mit aller Kraft der Gesichtsmuskeln versucht sie ihre Augenlider aufzupressen, um den Quell, den Verursacher der roten Tropfen eruieren zu können.

Nach mehreren Gesichtsverzerrungen und andauerndem Wechseln der Mimik lockern sich die Verkrustungen auf den Lidern langsam, bricht das hart gewordene Blut und gibt den Blick frei.

Und dieser Blick fällt als Erstes auf ein Stück Fleisch.

Auf den verletzten, sichtbaren Teil eines Körpers – den frisch und tadellos durchtrennten Hals eines Menschen, aus dem noch immer - langsam, aber stetig – Blut sickert.

Jutta liegt am Ende eines riesigen Holzstammes, der aus ihrer vertikal nach oben blickenden Position noch monumentaler wirkt. Sie kennt diese Holzstümpfe schon aus den Schlachtungs-handlungen ihrer Bauernhofzeit.

„Wenn es einen durchtrennten Hals gibt", zieht sie gedanklich und tonlos ihre Schlüsse," dann gibt es logischerweise auch den dazugehörenden Kopf..."

Langsam dreht Jutta ihren Kopf auf die rechte Seite und blickt in ein blutverschmiertes Gesicht mit leblos nach nirgendwo stierenden Augen.

Das blutverkrustete, lange rote Haar lässt alle Zweifel verschwinden.

Es ist Ulla, ihre ältere Tochter...

Reflexartig wendet sie sich ab von diesem abscheulichen, unerträglichen Bild und dreht sich auf die andere Seite, wo die nächste Apokalypse auf Jutta wartet.

Der Rest des Kopfes ihrer kleinen, über alles geliebten Lena.....

Die Klinge hat den Hals nicht präzise getroffen und Unter- und Oberkiefer des jungen Mädchens voneinander abgetrennt.

Der Wahnsinn hat Besitz von Jutta ergriffen und sich akustisch manifestiert.

In einem schrillen, endlosen Schrei des Schmerzes.

Über dem riesigen, hölzernen Schlachtstamm erscheint das Gesicht ihrer neuen Freundin, des Mädchens aus dem Wald.

„Knnnndrrrr goooot Flschhhhhhhh, …

gout esssnnnn...

goout esssnnnn.

Mchn Kpf wg...

Goouut esssnnnnn fr goouut Frouuuu…

Mchn gesnd…

mchn gesnd …

mchn gesnd…

gesnd, gesnd, gesnd…!"

Diesem tierisch heraus gepressten „Mchn gesnd, gesnd, gesnd" schließt sich ein groteskes, hohes Kichern an, das sich mit Juttas Schmerzschrei zu einem übersteigerten nicht enden wollenden Irrsinnsschreigelächter einstimmt.

33.

„...und bringt's bei gutem Staat...“*

Juttas Augen sind geschlossen.

In ihrem Kopf ein Universum an Orange.

Sie fühlt sich unglaublich wohl.

„Bin ich jetzt tot?...

Wenn dieser Zustand Totsein bedeutet“, sinniert sie in ihr oranges Universum hinein, „dann hab ich's jetzt endlich überstanden - Life over.

Wenn ich ehrlich bin – und als Tote kann man schon mal ehrlich sein – hat es mir bei den Hoffmanns eigentlich eh besser gefallen.

So gesehen ist Totsein vielleicht das bessere Schicksal...“

Jutta spürt eine Berührung an ihrem verletzten Fuß und ist sich gar nicht mehr so sicher, ob sie jetzt wirklich tot ist.

„Frouu gtt...

Frouu gtt!“

Jutta öffnet die Augenlider und hält sich, ob der gleißenden Helligkeit, reflexartig ihre linke Hand schützend vor die Augen.

Ihre Waldfreundin ist allem Anschein nach auch eine fast perfekte Pflegerin.

„Zweimal sterben in so kurzer Zeit, ist eindeutig einmal zu viel.

Du holde, schöne, grausame Welt, ich bleib dir noch ein Weilchen erhalten...

... und auch dir meine liebe Freundin."

Die ein wenig theatralische Geste der rechten Hand geht direkt über in eine sanfte Berührung des Gesichtes ihrer Gesundmacherin.

Um ihre Augen nicht weiterhin der direkten Sonneneinstrahlung auszusetzen, hat Jutta ihre Liegeposition so verändert, dass sie mit Kopf und Brust im Schatten der Bäume liegt.

Bei dieser Lageveränderung bewegt sie auch unbewusst ihren verletzten Fuß und sie spürt – nichts.

Absolut schmerzfrei – die Verletzung ist keine Verletzung mehr.

Jutta nimmt nur eine leicht überhöhte Wärme in dieser ehemaligen Bissstelle wahr.

Das Mädchen reicht ihr ein Blatt in Form eines Trichters, das mit frischem Wasser gefüllt ist. Es hat eine Öffnung, ein Trichterloch, mit dem man den Wasserfluss regulieren kann.

Jutta trinkt und ihr Körper saugt die kalte, klare Flüssigkeit auf, wie ein ausgetrockneter Schwamm. Sie spürt jeden Zentimeter, den sich das Wasser seinen Weg durch ihr Körperinneres bahnt und wie ihre Lebensenergien wieder geweckt werden.

Es ist wie das Aufladen einer leeren Batterie. Der Stecker des Ladekabels wird mit dem Stromnetz verbunden.

Jutta ist wieder verbunden – mit dem Leben.

„Frouu gtt...

gtt!"

Sie fährt Jutta mit ihrer feuchten, kühlenden Hand über ihre immer länger sprießenden Haarstoppeln.

Jutta genießt ihre Gesundung und auch die sanften Streicheleinheiten ihrer Freundin und merkt, wie sehr ihr diese Zärtlichkeiten gut tun und gleichzeitig auch gefehlt haben.

„Meine liebe Waldfreundin, du hast mir schon wieder das Leben gerettet.

Ein zweites Mal in so kurzer Zeit."

Jutta spricht langsam, deutlich und versucht ihre Gefühle durch Gesten und Zeichen zu veranschaulichen.

„Ich stehe ganz tief in deiner Schuld.

Ich hab keine Ahnung, ob Du mich verstehst, aber trotzdem....

Danke, meine Waldfee, danke, danke, danke!"

Jutta schaut ihr tief und liebevoll in die Augen, nähert sich ganz langsam dem Gesicht ihrer Retterin und gibt ihr einen Kuss.

Juttas Lippen berühren die ihres Gegenübers.

Sie umschließt mit ihren Armen den Oberkörper des Mädchens und drückt sie ganz fest an sich.

Das Mädchen ist ein wenig unsicher, zögerlich ob Juttas körperlicher Nähe. Aber das Vertrauen gewinnt die Oberhand und so erwidert sie Juttas Umarmung.

„Gtt Frouu,..

gout Froou!"

Sie verharren in dieser umschlungenen, distanzlosen Vertrautheit, sind sich ganz nahe und dennoch nicht zu nahe.

Jutta spürt, dass es Zeit ist, diesem Wesen – das zweimal ihr Leben gerettet hat und ihr permanent Beistand leistet – einen Namen zu geben.

„Ich", fängt sie laut und langsam an, mit dem Zeigefinger auf sich deutend,

„J – uuuu – t - aaaaaa !

Juuuuuuttaaaaa!

Jutta!

Jetzt du!", fordert sie das Mädchen mit einem Fingerzeig auf.

„Chhhhhh, Jtta", antwortet die junge Frau sichtlich bemüht.

„Nein, nein, ich weiß, dass die Selbstlaute nicht deine Stärke sind und du sie regelmäßig verschluckst, aber das wird schon, meine Liebe.

Also noch mal:

J – uuu – t – aa"

Mit dem rechten Zeigefinger deutet Jutta auf sich, mit der linken Hand nimmt sie eine freie Hand des Mädchens und führt sie an den auf sich zeigenden

Finger heran. Fast zeitgleich fangen die beiden zu sprechen an.

„Juuu..."

„Jouu,..."

„...taaaaa."

„Oouuta..."

„Wau, das funktioniert ja fantastisch, fast unglaublich.

Das „JOT" kann man ja eh weglassen. Utta klingt so ähnlich wie Ulla, dann vergess' ich meine Große nicht..."

Es war wie der unabsichtliche Griff in eine Steckdose. Nur die Erwähnung dieses Namens lässt eine traurige, einsame Stille entstehen, von der sie augenblicklich vereinnahmt, geradezu verschlungen wird.

„Für mich HAT sie existiert – definitiv!", fügt sie ihrem Fast-Selbstgespräch betont hinzu und befreit sich mit diesem Satz – gerade noch rechtzeitig vor dem Verschlungen werden – aus ihrer alles aufsaugenden, melancholischen Erinnerungsmasse, die Jutta sehr an diese „Schwarzen Löcher" im Weltraum erinnert.

„Also nochmal:
Juuutaaa ...", die Hand des Mädchens noch immer an sich gedrückt.

„Outaaa"

Die zwei Frauen grinsen sich an.

„Du lernst unglaublich schnell, Liebes.

Meinen Namen hätten wir jetzt durch...
so einigermaßen.
Also wenn ich Utta bin, dann können wir auch
meine Kleine verewigen.
Dann bist du", und sie führt ihre Hand mit dem
ausgestreckten Zeigefinger gemeinsam mit der des
Mädchens und tippt in Herzhöhe sanft an deren
linke Brust, „Leeeeeeenaaaaaaaa...
Leeenaaa...
Lena", und verstärkt den Druck auf der Brust ein
wenig.
„Nnnaaa,…nnaaaaa,…eeennaaaaa,…

ennaaaaaaa...

Enaaa...", kämpft die neue Lena gegen ihr
angeborenes Sprechdefizit an.

„Wirklich unglaublich, du bist ja ein wahres
Sprechtalent.
Und auf das „L" kommt es wirklich nicht an....
Also nochmal gemeinsam:
„Eeeeeeenaaaaaaaaa..."
Und dann beginnt Ena, ihren Zeigefinger auf Jutta
gerichtet, von alleine zu sprechen.
„Ouutaaa..."
Ena holt sich Juttas Hand, führt sie wieder ganz
nah an sich heran.
„Eenaa..!
Juttas Augen sind wässrig, eine einzelne Träne
zieht ihre hauchdünne Spur über ihre Wange.

Sie kann ihre Gedanken an Lena und Ulla nicht verdrängen und drückt sie fest an sich.

„Du bist meine Ena."

34.

„…und nur, wenn er sehr fleißig war,…"*

Die folgenden Tage und Wochen sind ein gegenseitiges Befühlen, Betasten, Belehren und voneinander Lernen – ein ganz intensives Anfreunden.

Ein miteinander Leben, Erleben und Überleben.

Jutta lernt durch Ena den Alltag des Überlebens in dieser auf das „Friss-oder-Stirb"-Prinzip reduzierten Umwelt kennen.

Wasserstellen, Orte an denen genießbare Beeren, Pilze, Früchte und andere Gewächse zu finden sind. Ebenso die gegenteiligen – die giftigen, gefährlichen und lebensbedrohlichen – Nahrungs-quellen.

Tiere, Pflanzen, Orte, von denen man sich besser fernhält.

Das Was, Wann, Wie und Wo der Nahrungsbeschaffung, ohne unnötige Risiken einzugehen.

Jutta schildert ihr Leben auf dem Bauernhof. Zumindest die kurze Aufenthaltsphase, an die sie sich bewusst erinnern kann, inklusive der brachialen Schlachterfahrung auf dem Baumstumpf des Todes, klammert aber ihre Menschenwelt der Hoffmanns aus.

Der abenteuerliche Lauf in die Freiheit wird ausführlich wiedergegeben.

Unerwähnt bleibt auch nicht ihre äußerst unerfreuliche Begegnung mit der männlichen Art.

Alles, was die hungrigen Bewohner dieses Waldes von Juttas Peiniger noch zurückließen, fanden die beiden Frauen später bei einer Erkundungstour.

Sie lernen miteinander zu kommunizieren, sprachlich und gestikulierend.

Die Art sich auszudrücken, ihre rhetorische Überlegenheit – für Jutta selbst ein ungelöstes Rätsel – belässt sie unangesprochen.

Und so erfährt Jutta ebenso die Umstände von Enas Flucht in diese Freiheit des Waldes.

Enas Lebensort war eine Aufzuchtstation und ist nicht mit Juttas kleinem Bauernhof, von dem sie geflohen ist, vergleichbar.

Ena schildert einen monotonen Alltag, der von immer gleichen Abläufen geprägt ist. Riesige Hallen mit einer unüberschaubaren Menge an Artgenossen, sodass für das einzelne Individuum eine minimale Raumbeanspruchung übrig bleibt.

Nahrungsmittelzufuhr in flüssiger und fester Form ist automatisiert.

Die Notdurft wird auf dem gitterförmigen Boden verrichtet.

Das Bewegungsareal reduziert sich auf die Stehfläche des einzelnen Wesens.

Der einzige Aufenthalt im Freien findet beim Abtransport in einen nahe gelegenen Schlachtbetrieb statt.

Beim Verladen in einen dieser Transportwägen, so schildert Ena in ihrer ganz eigenen Sprache, die Jutta mittlerweile recht gut versteht, gelang es ihr und einer weiteren Frau durch eine nicht richtig verschlossene Transportgitterbox zu schlüpfen und gerade noch die sich schließende Bordwand zu überwinden.

Wobei sie sich die schweren Verletzungen am rechten Unterschenkel und der rechten Ferse zuzog und der kleine Finger der linken Hand abgetrennt wurde.

Auch das Erkennungsmetallband wurde bei dieser Aktion schwer beschädigt. Dieser Ring geht bei Enas Lauf in den Wald verloren.

Ihrer Fluchtgenossin erging es weniger gut.

Die Hydraulik der Bordwand erfasste sie beim Durchzwängen am Oberkörper und zerdrückte langsam den gesamten Brustkorb.

Ena fällt es sichtlich schwer über dieses traumatisierende Fluchterlebnis zu sprechen.

Den grausamen Tod ihrer Artgenossin kann sie nicht vergessen.

„Frouuu schreen…

louut schreen …

Frouu Bden…

ncht schreen...

ncht schreen…
ncht schreen...
Frouu Bden…
ncht schreen...
Frouu Bden...
Ena ncht hlfen…
ncht hlfn...
ncht hlfn...
louffn wg...
Ena loufn Wld..."

Sie steht immer wieder auf, um mit Gesten und Gebärden ihren damaligen Zustand und die Handlungen zu erklären und für Jutta anschaulich zu machen.

Jutta ist überrascht vom sozialen Verhalten dieses Wesens, von so viel Empathie.

„Ich...versteh'...dich,...Ena", beginnt Jutta sehr langsam und deutlich zu sprechen und ihre Worte ebenfalls mit körperlichen Bewegungen ihrem Sinn gemäß verständlich zu machen. Diese Art sich zu verständigen, hat sich beiderseits so entwickelt und automatisiert.

„Du...konntest...dieser...Frau...nicht...helfen.
Du...musstest...fliehen,
sonst...hätten...sie...dich...wieder...eingesperrt."
„Loufn Wld...
Foouuuß, Hnnd Schmrrz...
Schmrrz...
Ena Wld….

Ena schlfn...

schlfn Wld...

ncht strbn....

Ena ncht strbn,..

Foouuuß, Hnnd Schmrrz...

Ena ncht strbn."

Die beiden kauern nebeneinander auf ihrer Schlafstätte, die sie mittlerweile – wie so vieles – gemeinsam nutzen.

Es hat sich in kurzer Zeit eine Zweisamkeit entwickelt, die weit über eine Zweckgemeinschaft hinausgeht.

Sie haben jegliche körperliche Scheu voreinander, jede trennende Distanz abgelegt.

Jutta und Ena genießen die körperliche Nähe, die zärtlichen, sich zufällig ergebenden Berührungen und das gegenseitige Wärmen.

Keine von den beiden sagt etwas.

Eine Stille ohne Worte, aber mit sehr viel Gefühl.

Sie sind sich längst bewusst, wie fest inzwischen ihr Band der Freundschaft gebunden ist.

Ena deutet auf Juttas Identifikationsring an ihrem Handgelenk.

„Rng wgg."

„Du...hilfst...mir,..ihn...abzumachen", und macht eine Wegwerfbewegung.

„Ena hlfn Utaa...

Uta hlfn Ena...

Outaa gtt...

Ena gtt."

„Ja, genau", ergänzt Jutta, „Ich helfe dir, Ena", ihr ausgestreckter Zeigefinger tippt zuerst auf das eigene Brustbein und berührt dann Enas, „und du hilfst mir", und Jutta vollführt ihre „Fingerzeig"-Geste von Ena langsam zurück zu sich selber.

Ihre Verblüffung vermischt sich mit großer Freude.

Unglaublich, dieses gegenseitige Sprachverständnis, aus dem sich in so kurzer Zeit eine fast barrierefreie Verständigung ergeben hat.

Vor allem hat sie nicht erwartet, in diesen wenigen Tagen und Wochen eine Artgenossin zu treffen, mit der eine so starke, intensive soziale Bindung entsteht.

Eine Bindung, die Jutta stark an ihre Traumwelt der Hoffmanns erinnert.

35.

„...zu einem Rauschebart."*

„Eeeeeeeeeeeeenaaaaaaaaaaaaa", brüllt Jutta aus Leibeskräften, „verdammt nochmal, Eeeeeeeeenaaaaaaaaaaaa, bleib...doch....stehen!!! Haaaaaaaaalloooooooo!!"

Wild gestikulierend versucht sie ihrer Begleiterin, die durch ihr wesentlich schnelleres Fortbewegungstempo erheblichen Abstand entstehen hat lassen, deutlich zu machen, dass sie dringend eine Pause braucht.

„Diese junge Göre hängt mich ab wie 'ne Eins und kommt dabei nicht mal ins Schwitzen." Der Schweiß rinnt ihr aus allen dafür vorgesehenen Poren.

„Vielleicht bin ich einfach schon zu alt und mein Fleisch wäre eh schon zu zäh fürs Essenteller. Höchstens als Geschmacksträger für die Suppe."

Jutta setzt sich auf eine Wurzel, wartet und horcht.

„Ena koooumn!", vernimmt Jutta von irgendwo weit vorne.

„Na endlich...", ihr Erschöpfungsruf wurde erhört und Ena ist auf dem Weg.

Jutta verschnauft und schmunzelt über ihre kulinarisch zynischen Gedanken.

Ihr Puls trommelt immer noch ein wildes Waldkonzert und die Schweißtropfen fließen in Strömen über ihre Haut.

Ena reicht ihr als erstes ein mitgebrachtes, wasserbefülltes Trichterblatt, aus dem Jutta umgehend ihren Wasserbedarf stillt.

„Uta...soooo...lngsm", Ena – ein spöttisches Grinsen im Gesicht – formt mit ihren Armen ein riesiges „O" in die Luft, um Jutta ihre Langsamkeit zu veranschaulichen.

„W Schncke vn Bdn..."

Jutta unterbricht ihre Flüssigkeitszufuhr.

„Vorsicht, junge Dame," und hebt den rechten Zeigefinger als Zeichen des Einwandes senkrecht in die Luft, „man soll älteren Menschen ein Mindestmaß an Respekt entgegenbringen, das gilt auch für körperliche Leistungen.

Vielleicht aus Solidarität ein wenig Tempo raus nehmen, sonst kollabier' ich hier und werde schon wieder zum Pflegefall..."

Jutta deutet eine Geste der Langsamkeit an, erklärt mit Händen und Füßen ihren Erschöpfungszustand.

Im Gegensatz dazu ist Ena nicht die Spur einer Anstrengung anzusehen. Mäßige Schweißbefeuchtung auf der Haut, Atem- und Herzfrequenz deuten eher auf einen gemütlichen Spaziergang, denn auf einen Waldhindernislauf im Sprinttempo.

Ihre körperliche Konstitution ist das Ergebnis dieser permanenten, abwechslungsreichen Bewegungsnotwendigkeit.

Durchtrainierte, geschmeidige Weiblichkeit mit wilder, dunkler halblanger Mähne.

Ena hat etwas von einer Raubkatze, so wie sie durch ihr Waldrevier streift.

„Uta ncht alt.

Uta lngsm.

Koumn ncht wtr, sou lngsm.

Kne Soune,

koumn Ncht...“

Jutta hat es sich bäuchlings auf dem kühlen Waldboden bequem gemacht und lässt sich die von Baumkronen gefilterten Sonnenstrahlen auf ihre nackte Rückseite scheinen.

In ihr keimt schon länger ein Gedanke, der sich, genährt durch unauslöschliche Erinnerungen an die Hoffmann'sche Welt und dem Virus „Neugier“, kontinuierlich intensiviert hat und zu einer unbedingten Tatumsetzungsbereitschaft herangereift ist.

Sie will, so wie anfangs auf ihrer Flucht, den Wald durchqueren, verlassen und dort − in einem neuen unbekannten Gebiet − etwas finden.

Was, kann Jutta nicht sagen.

Der Virus ist ausgebrochen.

Befeuert durch Intuition, Bauchgefühl, Hoffnung....

Nicht eingrenzbar, nicht genau definierbar.
Unumkehrbar.

Jutta ging Ena immer und immer wieder mit teilweise hanebüchenen Argumenten auf die Nerven. Sie fand aber keine passenden Worte und auch keine Gesten für diese Hoffnung, diese „innere Stimme" – dieses „Etwas".

 Letztendlich schaffte sie es, Ena als Begleiterin für ihr Vorhaben zu gewinnen.

Sie wird ihren geliebten „Heimatwald" – Ena's Wald – für eine unbestimmte Zeit hinter sich lassen – Jutta zuliebe.

Heute war es soweit.

Die Begeisterung von Enas Seite hielt sich in Grenzen, aber aus Solidarität und einer tiefen Zuneigung zu Jutta überwand sie sich widerwillig und sie brachen am frühen Morgen in Richtung „EXIT" Heimatwald auf.

Und in Richtung Hoffnung auf dieses unbestimmte, undefinierbare „Etwas".

„Kmm, lte Frou", und gibt Jutta mit einem breiten Grinsen im Gesicht einen sanften Klaps auf den nackten Po, „snst dnkl,…kmmen Ncht."

„Au, du Quälgeist, lass mir noch ein paar Augenblicke zum Verschnaufen", murmelt Jutta mehr zu sich selber als zu ihrer Antreiberin.

Ein wunderschöner, in allen Farben schillernder Käfer kämpft direkt vor ihren Augen mit den Unebenheiten des moosigen Bodens. Das bunte Krabbeltier mit den schwarzen, zangenartigen Beiß- oder Greifkiefern ist fast so lang und dick wie Juttas kleiner Finger.

Als der kleine Kerl zum wiederholten Mal an einem kleinen, aber aus Käfers Perspektive riesigen Holzstück scheitert, verwandelt sich der nach außen als Panzer scheinende Rücken in zwei hauchdünne, vibrierende Flügel und er entschwebt sonor brummend und summend Richtung Himmel.

Juttas Puls hat sich beruhigt und auf normalem Rhythmus eingependelt.

Sie ist beim Beobachten dieses kleinen niedlichen Insektenwesens fast ein wenig weggetreten.

„Aua!!!"

Jutta spürt erneut einen Schlag auf ihrem Po, diesmal heftiger und auch unangenehm schmerzhaft. Reflexartig springt sie auf.

„Spinnst Du, Ena, das tut weh!", schreit sie Ena an.

Ena senkt verängstigt den Kopf und nimmt sofort eine defensive, unterwürfige Haltung ein, so als erwarte sie augenblicklich körperliche Gegengewalt.

Ein Verhaltensreflex, der höchstwahrscheinlich von der Behandlung auf dem Zuchthof herrührt.

Jutta nimmt die Lautstärke zurück, spricht Ena mit sanftem und dennoch festem Tonfall an.

„Mein Hinterteil ist doch kein Holzpfosten, sondern ein schmerzempfindliches Weichteil von mir".

Jutta versucht Ena mit Händen und Füßen ihre Reaktion zu erklären.

Ena wendet ihren Blick langsam vom Boden in Richtung Jutta.

„Wll ncht we toun...

wll ncht we toun Uta...

wll kmmen vour Ncht…

schnllr kmmen...

Snne schent…

vour Ncht.

Ncht we Uta!"

Ena geht ganz behutsam und vorsichtig auf Jutta zu und legt ihre Handfläche auf die Stelle, die sie zuvor geschlagen hat.

„Ncht mr we, Uta?"

„Nein, Ena, nicht mehr weh.

Gar nicht mehr weh. Alles wieder gut."

Jutta nimmt Ena in die Arme und drückt sie ganz fest.

„Du hast recht, wir müssen ein wenig schneller vorankommen.

Aber ich kann deine Geschwindigkeit nicht dauerhaft mithalten. Ich brauche von Zeit zu Zeit mal ein kleines Päuschen."

Jutta koordiniert ihre akustische Sprache mittlerweile geschickt mit Gesichtsmimik und Gesten von Hand, Fuß und den restlichen körperlichen Ausdrucksmöglichkeiten.

Das funktioniert gut, denn Jutta hat keineswegs den Eindruck, dass sie nicht verstanden wird.

„Komm, mein Mädchen, lass uns wieder aufbrechen", und gibt diesmal Ena einen leichten Stups auf ihr Hinterteil.

„Wdr gout, Uta."

Sie legt ihren Arm um Juttas Schulter

„Wieder gut, Ena!"

Jutta legt auch ihren Arm um die Schultern ihres Waldmädchens.

36.

„Ich wollt', ich wär' ein Huhn,... "*

Die zwei Menschenfrauen pendeln sich auf ein für beide akzeptables Tempo ein.

Jutta zuliebe wird auch gelegentlich eine entsprechende Pause eingelegt.

Irgendwann hören sie ein immer wiederkehrendes Brummen, ein Motorengeräusch, ähnlich des Traktorengeräusches, das Jutta vom Bauernhof kennt. Nur kompakter, fließender und nicht so, als würde erst kurz vorher entschieden, ob jeder Arbeitstakt der Maschine überhaupt durchgeführt wird.

Motorisierte Fahrzeuge der Hühner.....

Die Geräusche werden immer lauter, aber keineswegs häufiger.

Eine nur wenig frequentierte Fahrbahn, die direkt an die Waldlichtung anschließt.

Juttas Spannung und Neugier steigen.

Die Motorengeräusche der Hühnerautos haben inzwischen einen Lärmpegel erreicht, der ein Gespräch in normaler Lautstärke unmöglich macht, wenn eines dieser Vehikel die Straße entlang rauscht.

„Bevor ich mich auf offenes Gelände wage und wieder Gefahr laufe, bei Familie Huhn auf dem

Teller zu landen, muss ich unbedingt so ein Ding sehen.", sagt Jutta zu sich selber.

Der Waldrand ist recht dicht verwachsen – einer pflanzlichen Wand gleich – und von einem freien, unverblätterten Blick in die baumlose Lichtung und auf die Fahrbahn und damit auf eines der Hühnermobile kann keine Rede sein.

Jutta sieht sich um und erspäht weiter oben einen blattlosen Durchblick, ein Sichtfenster.

„Ena, kannst du hier warten? Ich werde mir einen dieser Geflügelwagen aus einer sicheren Beobachtungsposition ansehen und ich hab' da oben schon ein passendes Plätzchen gefunden."

Jutta deutet mit einer Hand nach oben auf die unbegrünte Stelle mit dem hoffentlich freien Durchblick.

„Ena wrtet…
Outa koumn wdr...
Oufpssn Uta...
Gt oufpssn, Uta!
Koumn wdr, bte!"

„Na klar, meine Kleine. Ich bin gleich wieder da", und gibt Ena einen Schmatz auf die Wange.

Geschickt und behende klettert Jutta auf den baumähnlichen Strauch und positioniert sich wenig später einigermaßen bequem auf einem dicken Ast.

Die Sicht könnte nicht besser sein.

Wie durch einen Fernsehapparat – auch, so glaubt Jutta, ein Erinnerungsstück aus der Welt der

Hoffmanns – sieht sie einen Ausschnitt der vor ihnen liegenden Lichtung inklusive der mattschwarzen Fahrbahn.

Soweit sie erkennen kann, grenzt an die andere Seite der Straße ebenfalls eine Wiese und an deren Ende kann Jutta wieder Bäume und Sträucher, einen dichter bewachsenen Waldbestand ausmachen. Weit und breit kein Haus, keine Scheune, kein Hof, kein gebäudeähnliches Objekt.

Eine ganze Weile tut sich gar nichts und Jutta ist schon wieder im Begriff ihren hervorragenden Aussichtsposten zu verlassen, da hört sie dieses, mittlerweile schon fast vertraute Brummen, das sehr rasch an Lautstärke zunimmt.

Ganz angespannt wartet sie auf das dazugehörende Bild, den ersten optischen Eindruck eines solchen Gefährts.

Blitzschnell laufen ihre abgespeicherten Traktorenbilder durch den Kopf und sie versucht daraus ein Hühnermobil abzuleiten.

Aber ihre gedanklichen Schöpfungsvariationen eines motorisierten Fortbewegungsmittels für Familie Hahn und Huhn werden durch dessen Auftauchen jäh beendet.

Und der kurze Anblick ist nicht gerade berauschend, wenn nicht sogar enttäuschend.

Eine große Stoßstange und so etwas wie ein durchgehendes Glaselement direkt über der

Stoßstange - möglicherweise eine Art Scheinwerfer.

Seitlich zwei groß dimensionierte Räder, am Heck setzt sich Glaselement- und Stoßstangenoptik der Frontpartie fort.

Die gesamte Scheibeneinheit gleicht einer aufgesetzten, durchsichtigen Glaskuppel, unter der Jutta einen Fahrer erkennt.

Das ganze Gefährt ist für Jutta optisch keine große Überraschung, da sie sofort Parallelen zu den Autos bei den Hoffmanns herstellt.

Schon wieder nimmt Jutta ein Brummen wahr, aber diesmal seitlich und als sie den Kopf dreht, schwirrt der Verursacher direkt auf Augenhöhe vor ihrem Gesicht.

Ein ziemlich großes, wespengleiches Insekt, das sehr angriffslustig und aktiv auf direkten Hautkontakt aus ist.

Sie fuchtelt mit der freien Hand wild und chaotisch umher, sich mit der anderen Hand unter des Gleichgewichts festhaltend.

Jutta hat Glück.

Die abwehrende Handfläche trifft den summenden Angreifer voll und dieser geht in den unfreiwilligen Sturzflug über.

Sie hat genug gesehen, beendet ihre „Hühnermobil-Beobachtungsmission" und macht sich auf den Kletterweg nach unten, um wieder sicheren Boden unter den Füßen zu haben.

So eine Feindberührung der Insektenart kann auch ganz böse enden, und dann erfolgt der Weg nach unten weniger kontrolliert.

Jutta springt vom niedrigsten Ast auf den Boden, wo Ena schon geduldig wartet.

„Uta, allees goud?"

„Alles O.K, Ena, alles in Ordnung."

Beruhigend klopft sie ihrem Waldmädchen auf die Schulter.

„Die Geflügel-Auto-Schau ist vorbei....war nicht so beeindruckend, wie ich gedacht habe.

Da oben hat mich dann so ein kleines, aggressives Insektenvieh angegriffen.

Meine Handfläche hat ihren Flugkurs ins Vertikale umgeleitet."

Jutta grinst. Das Insektensummen imitierend, gestikuliert sie mit ihren Händen das Luftangriffsszenario und den abschließenden Sturzflug.

„Uta oufpssn.

Soummeer stchn...

Schmrzn groous, laaaang.

Mouß oufpssn!"

„Danke, mein Mädchen, für die Warnung, aber „Aufpassen" ist in dieser wilden Gegend mein zweiter Vorname geworden."

„Ena fnden."

Ena nimmt sie an der Hand.

„Jetzt bin ich aber gespannt, was du gefunden hast, Ena."

Sie gehen ein paar Schritte, da bleibt Ena stehen und auf den ersten Blick kann Jutta nichts Besonderes erkennen.

Erst als sie genauer hinschaut, kristallisieren sich aus dem Blättergrün sehr gut getarnte, gleichfarbige Früchte heraus, die in großer Menge an einem Strauch hängen.

„Gout ssn, Uta...

mouß ssn, Uta."

Als Jutta nach einer Frucht greift, geht Ena einen Schritt zurück, um Platz zu machen und plötzlich ist da das selbe Geräusch, das Jutta erst vor kurzem oben auf dem Strauch gehört hat, nur in einer vielfachen Intensität.

Die Summer, wie sie Ena genannt hat, umkreisen ihre kleine Freundin angriffslustig und haben sie zum alleinigen Zielobjekt deklariert.

Jutta steht wie angewurzelt, zu keiner Handlung fähig und wundert sich, dass kein einziges dieser penetranten Fluginsekten in ihrer unmittelbaren Nähe herumschwirrt, während ihr Mädchen sich förmlich im Mittelpunkt des Schwarms befindet.

Panisch schreiend und mit Händen und Füßen die aggressiven Summer abwehrend, läuft Ena durch die dichte Blätterwand auf die Straße zu, ins freie, unbewaldete Gelände – was nichts an der heftigen Attacke der Insekten ändert.

Erst als Jutta das Motorenbrummen eines herannahenden Hühnergefährts wahrnimmt, löst sie sich aus ihrer Starre und läuft ebenfalls in die Lichtung hinaus.

Sie sieht das gerade vor ihr Geschehende in einer unnatürlich verlangsamten Zeitebene ablaufen.

Gleich einem Zeitlupenfilm, in dessen Handlung sie nicht eingreifen, nur mehr passiv zusehen kann.

Inmitten des Summerschwarms führt Ena einen tapferen, aber aussichtslosen Kampf gegen eine schier unendliche Anzahl äußerst aggressiver, unverletzbar scheinender Stechinsekten.

Diese kollektive Schwarmintelligenz, die in Juttas Wahrnehmung wie Medusas Schlangenkopf aus jedem Einzelverlust ein Vielfaches an Angreifern gebiert, macht Ena chancenlos.

Sie wird in diesem realen Drama gnadenlos in die Opferrolle gezwungen.

Fast am ganzen Körper von unzähligen Stichen geschwollen, versucht sie dennoch unaufhörlich und offensichtlich zunehmend geschwächt aus ihrer Defensive heraus die Oberhand zu gewinnen.

Ohne jede Orientierung, permanent wild um sich schlagend, stolpert Ena immer wieder, rafft sich auf und steuert in dieser „Hinfall-und-Aufsteh"-Fortbewegung direkt auf das heranrasende Geflügelauto zu.

Sämtliche Geräusche sind auf ein Minimum reduziert.

Jutta nimmt nur ein dumpfes Rauschen wahr, während direkt vor ihr das Waldmädchen – die ihr in so kurzer Zeit ans Herz gewachsene Freundin Ena – frontal vom Hühnermobil erfasst wird.

Enas Kopf wird gesichtsseitig von der unteren Kante der Stoßstange erfasst, unnatürlich weit nach hinten geschleudert und fast abgerissen.

Ihr Körper prallt heftigst auf den Asphaltboden und wird von einem der Hinterräder noch einmal überrollt.

Heftiges Reifenquietschen.

Und Stille....

Absolute Stille...

Auch das Summen ist verschwunden, ebenso wie das dumpfe Rauschen, das sie kurzzeitig beherrscht und alle anderen Geräusche verdrängt hat.

Allein ihr Herzschlag, das Pumpen ihres Blutes ist präsenter denn je.

Wie in Trance setzt sie sich in Bewegung.

Und bleibt bei Enas Körper stehen.

Sämtliche Gliedmaßen sind unnatürlich verdreht, stehen – zigmal gebrochen – in alle Richtungen von ihrem geschundenen, von Insektenstichen übersäten Körper ab.

Alles voller Blut.

Enas Körper – eine einzige Wunde.

Ihr Kopf …….. fast lose am Rest des Körpers.

Durch eine sehnenartige Fleischschnur noch am Rumpf hängend.

Die Schädeldecke am Hinterkopf ist nicht mehr vorhanden, ebenso wie ihr Unterkiefer, der vollständig abgerissen ist.

Nur Enas Augen, ihre wunderschönen, dunklen Augen starren unversehrt ins Leere.

Jutta kniet sich langsam nieder.

Sie empfindet keinen Ekel, kein Abscheu.

„Zuerst Ulla und Lena, jetzt auch noch Ena...", geht ihr spontan durch den Kopf.

Sie beugt sich über Enas Leichnam.

Ihre Tränen tropfen auf das Loch, an dem sich der Unterkiefer einmal befunden hat.

Einzeln küsst sie die Augen ihrer toten Waldfreundin und sieht ihr ein letztes Mal ganz tief und lange in die dunklen Pupillen, so als könnte sie auf diese Weise einen letzten Kontakt zu Ena herstellen und sich von ihr verabschieden.

Ganz langsam und sanft verschließt sie die toten Augen mit den Lidern und berührt mit ihren Lippen die blutverschmierte Stirn.

Jutta dreht ihren Kopf, legt ihre rechte Wange auf Enas geschlossenen Blick und gibt sich ihrer unendlichen Trauer hin.

37.

*„…ich hätt' nicht viel zu tun."**

Jutta nimmt das Zuschlagen der Autotür nicht wahr.

Alles versinkt hinter ihrem Tränenschleier.

Sie trauert um ihre Freundin und hadert mit ihrer gesamten Existenz.

Jutta drückt sich so fest an das Gesicht ihrer toten Gefährtin, dass sich die im Oberkiefer verbliebenen Zähne in ihre Wange bohren.

Der penetrante Blutgeruch setzt sich in ihrer Nase fest.

Sie hört auch keine Schritte und auch nicht die unverständlichen Laute, die das Huhn in sich hinein murmelt.

Es ist ihr völlig egal, sie will auch nichts hören.

Sie riecht nur das Blut ihrer toten Freundin und fühlt den Seelenschmerz des endgültigen Abschieds fast körperlich. Ein Schmerz, der ihre innere, alles aufzehrende Leere noch überdeckt.

Auch als sie den festen Griff um den rechten Knöchel spürt und sie aus ihrer lethargischen Schockstarre gerissen wird, keimt der Gedanke, sich zur Wehr zu setzen, nicht einmal kurz auf.

Jutta ergibt sich widerstandslos ihrem Schicksal und hängt kopfüber an der bekrallten Klaue des

Hühnerwesens, das noch immer irgendetwas Unverständliches vor sich hin stammelt.

Der unfreiwillige Kopfüber-Transport an den Greifklauen des Huhnes dauert nur wenige Momente. Der Kofferraum wird geöffnet, eine Abdeckung zurückgeschoben und sie wird in ein kartoffelsackartiges Behältnis verfrachtet und abgelegt.

Das Huhn, ein weibliches Exemplar ohne Hahnenkamm, taucht schon nach kurzer Zeit wieder auf und stellt neben dem Sack, in dem Jutta gefangen ist, einen Karton ab. Der Kofferraum wird geschlossen. Der Motor startet und das Hühnerautomobil fährt los.

In ihrer oben verschnürten, textilen „Sackzelle" ist ihre Bewegungsfreiheit relativ uneingeschränkt und sie kann durch die grobmaschige Verarbeitung des Materials die unmittelbare Umgebung gut einsehen.

Jutta zwingt sich, nicht zum Karton zu schauen, weil sie Angst hat, ihre Vermutung allein durch einen Blick auf die Pappschachtel bestätigt zu bekommen.

Es waren nur zwei Wesen nach dem Zusammenprall auf der Straße, abgesehen von den fliegenden Unfallverursachern, die sich gleich wieder aus dem Staub machten.

Die tote Ena und Jutta.

„Da ich jetzt hier eingesperrt bin", folgert sie, „kann sich in dieser Schachtel nur Enas malträtierter Körper befinden. Was sonst hätte das Huhn vom Unfallort sicherstellen sollen.....n' paar Blümchen vom Straßenrand?"

Sie bekommt nicht viel mit von der Umgebung entlang der Fahrtstrecke.

Baumkronen, Wipfeln und der strahlend blaue Himmel dieses heißen Sommertages ziehen an ihr vorbei.

Und dieses Scheuern, dieses Reiben, das sich in ihre Ohren drängt, direkt aus ihrer unmittelbaren Nähe.

Jede Unebenheit, jedes Steinchen, jede Kurve löst dieses Scheuern aus.

Irgendetwas reibt sich auf der Oberfläche des Kartons, der neben Jutta abgestellt ist.

Sämtliche Unausgewogenheiten der Fahrbahn, die das Fahrwerk des Hühnerautos nicht ausgleicht und an den Innenraum und somit an die mitfahrenden Insassen weitergibt, bewirken dieses Geräusch, das penetrant in Juttas akustische Wahrnehmung eindringt und sich dort diktatorisch breitmacht.

Jutta hört plötzlich nur dieses Scheuern, das immer lauter wird und alles andere unhörbar macht.

Dieses Scheuern dringt durch ihre Hände, die sie auf die Ohren presst.

Es ist eine Aufforderung.

„Schau auf die Schachtel, sieh her", schreit es unausgesprochen, „dann weißt du, was ich bin!"

Und das Scheuern hat recht.

In gleichen Moment, in dem sich Jutta zum Karton dreht, hört sie das monotone Brummen des Motors wieder und sie sieht Enas Kopf, der über den Rand des Behälters hängt und im Takt der Fahrbahnunebenheiten auf der Schachteloberfläche hin- und herpendelt.

Ein paar Tropfen von Enas Blut sind auf dem Kofferraumboden getropft.

Das Scheuern macht keinen Lärm mehr.

Das Hin- und Herpendeln von Enas Schädel gleicht einem ewigen „Nein".

„Nein" zu diesem Leben und „Nein" zu diesem Tod.

Wie gern hätte sie ihr gesagt, dass sie recht hat.

Auch Jutta will nicht so leben -

und auf keinen Fall so sterben.

Das Auto stoppt.

Und das Scheuern stoppt.

Enas Kopf hängt bewegungslos über den Rand des Kartons.

Ab und zu tropft noch immer Blut von Enas Schädel auf den Kofferraumboden.

Der Motor wird abgestellt.

Das Huhn öffnet die Tür und steigt aus.

Die Fahrertür bleibt offen und sofort dringt aggressiver, aufdringlicher Geruch in den

Innenraum des Fahrzeuges, der sich mit dem von Enas Blut vermischt.

Jutta nimmt ein paar für sie unverständliche Sprechlaute wahr.

Durch das Heckfenster sieht sie den Ausschnitt eines weißen Gebäudes.

Weder Anfang noch Ende des Gebildes sind aus Juttas Perspektive einsehbar.

Der Hühnerdialog dauert noch an.

In ihr keimt ein ungutes Gefühl auf.

Nachdenklich schwenkt Juttas Blick von der weißen Hausmauer zum Himmel.

Eine kleine Wolke, gleich einem überdimensionalen Wattebausch, hat sich – so als wolle sie gegen das strahlende Sommerwetter demonstrieren - auf das Hellblau des Himmels geheftet.

Die Hecktür wird geöffnet und das Huhn greift sich den Stoffsack mit Jutta.

„Adieu, meine liebe Ena...

bis irgendwann!", haucht sie, gemeinsam mit einem letzten Abschiedskuss, in Richtung ihrer toten Gefährtin.

Mit dem Zuklappen der Hintertür wird Jutta klar, dass das Kapitel Ena endgültig geschlossen ist, dass das letzte Bild ihrer schönen Ena alles andere als schön ist.

Ein blutiger, nur an wenigen Sehnen und Fleischresten am Körper hängender Schädel ohne Unterkiefer.

Jutta bewegt sich nicht in ihrem Sackgefängnis.

Mit einem kurzen, unverständlichen Wortwechsel wird sie an ein anderes Geflügelwesen – ob Huhn oder Hahn kann sie nicht erkennen – weitergereicht.

Ist ihr auch egal.

Ein paar Augenblicke später wird die Fahrertür des Hühnerautos zugeschlagen, der Motor angelassen und Enas Leichenwagen fährt von dannen.

Zufällig erhascht Jutta einen Blick auf die gesamte Länge des Gebäudes und erfasst die riesigen Ausmaße dieses Hallenkomplexes.

Sie betreten das Areal durch eine kleine Seitentür und sofort steigt der Lärmpegel drastisch. Industrielle Maschinenakustik - Stahlketten, Förderbänder, hydropneumatische Steuerungselemente – vermischen sich mit unverständlichen, menschlichen Lauten zu einer mit Gewalt aufgeladenen, bedrohlichen Geräuschkulisse.

Der oder die Geflügelte trägt inzwischen eine Art Gehörschutz und durchschreitet mit Jutta im Sack eine immens große Halle.

Das Gehämmer, Gezische und Geratter ist ohrenbetäubend und hart an der akustischen Schmerzgrenze.

Eine weitere Tür öffnet sich automatisch und auf dem weißen, neonbeleuchteten Gang ist die extreme Lautstärke nur mehr auf ein Minimum gedämpft wahrnehmbar.

Nach ein paar weiteren, ausnahmslos weißen oder grauen Türen, Räumen und Gängen, die alle die Sterilität eines Operationssaales ausstrahlen, bleibt das Huhn an einer Tür stehen, die elektronisch gesichert ist und nicht sofort automatisch aufgeht.

Das Geflügelwesen tippt irgendetwas in ein kleines Bedienteil an der Wand rechts des Knaufs und die Tür öffnet sich.

Im selben Augenblick werden die Verschlussbänder des Transportsackes entknotet, eine Klauenhand greift in die Öffnung und erfasst Jutta an einem ihrer Unterschenkel.

Der Sack fällt zu Boden.

Es ist ein Hahn.

Der knallrote Kamm auf dem Hahnenschädel identifiziert ihn eindeutig.

Die Klaue, an der Jutta apathisch und teilnahmslos herunterbaumelt und die das Fleisch ihres Unterschenkels eisern umklammert, holt mit Schwung nach hinten aus und schleudert sie mit voller Wucht von außen durch die geöffnete Tür in den Raum.

Es ist unklar, ob dieser brutale Akt ein Teil des Arbeitsablaufes ist oder eine willkürliche und sadistische Handlung dieses geflügelten Individuums.

Juttas Zeit, darüber nachzudenken ist zu kurz.

Sie prallt mit dem Kopf voran an eine der Wände.

Und das Weiß dieser Umgebung verwandelt sich lautlos und lichtschnell in das Dunkel ihrer Bewusstlosigkeit.

38.

„*Mich lockte auf der Welt kein Ruhm mehr und kein Geld.*   "*

Irgendetwas presst sich gegen Juttas Gesicht. Sie kann kaum atmen.

Es ist wieder dieses Gehämmer, Gezische und Geratter – ohrenbetäubend.

Vermischt mit dem Schreien und den undefinierbaren Lauten ihrer Artgenossen.

Jutta befindet sich eindeutig in der Halle, die sie schon einmal mit ihrem Peiniger durchquert hat.

Endlich kann sie sich wegdrehen und wieder Luft holen.

Sie spürt eine brennende Stelle am Oberschenkel.

Sie war ohnmächtig geworden, weil sie dieser Hahn gegen die Wand geschmettert hat.

Jutta ist mit mehreren anderen Menschen zusammengepfercht auf engstem Raum. Und dieser Raum ist eine Box mit großen Lufteinlässen.

Durch einen dieser Lufteinlässe sieht sie eine weitere Box und noch eine Box.

Eine Box nach der anderen.

Jede voll mit Menschen.

Ein unabsichtlicher und permanenter Körperkontakt.

Ein rücksichtsloses Treten, Reiben und Stoßen.
Ein Körpergemenge und Gerangel.

Die Unruhe, die Nervosität, die Angst in diesen Behältnissen ist nicht nur spürbar, sie ist fast greifbar.

Vor dieser Angst ist sie geflohen.

Todesangst.

„Jetzt ist es soweit, Jutta.

Hier wirst du geschlachtet...

und irgendwann...

gefressen...

und nichts von dir bleibt übrig, Jutta."

Die Box wird bewegt.

Nur eine kurze Distanz, ein paar Meter vielleicht.

Jutta kann jetzt von dieser neuen Position aus fast die gesamte Halle überblicken.

Den kompletten Tötungs- und Verarbeitungsablauf.

Massenschlachtung hier in diesem Raum.

Tod im Zehntel-Sekundentakt.

Aus lebendigen Menschen wird totes, frisches Fleisch gemacht.

Genau genommen wird nichts erzeugt, sondern das Nahrungsmittel „Mensch" wird getötet und auf das Ess- oder Genießbare reduziert, der „Restmensch" fressfertig weiterverarbeitet und alles andere als Abfall entsorgt.

Im Akkord reißt ein Geflügelter die Eingesperrten am gerade greifbaren Körperteil aus der

Transportbox und hängt sie kopfüber an einen Haken auf einem Kettenschienenzug.

Das gesamte Körpergewicht zerrt an den am Haken eingehängten Fußgelenken und verursacht intensivste Schmerzen, verstärkt durch die geringste Bewegung. Gleichzeitig ist dieses Winden am Haken, die allerletzte Möglichkeit einer aussichtslosen Gegenwehr.

Diese Gegenwehr endet abrupt an der nächsten Station.

Der Kopf durchläuft ein Wasserbad.

Die jetzt bewegungslos herunterhängenden Menschen werden vom Kettenschienenband weitertransportiert.

Über einem metallenen Auffangbecken rotiert ein Messer, das je nach momentaner Schärfe, Hals und Oberarme glatt durchtrennt oder weniger glatt abreißt.

Das Blut rinnt aus den offenen Fleischschnittflächen auf das Auffangblech, auf Köpfe und Arme der vorher Getöteten.

Vereinzelt baumeln nach dieser Prozedur noch Arme und Schädel an den weiter transportierten Leichen.

Als der Käfig bewegt wird, verliert Jutta die Übersicht über dieses blutige Geschehen.

Sie hat auch genug gesehen.

Die Live-Bilder brennen sich ein.

Und in diesem Verarbeitungsprozess des Gesehenen taucht es direkt vor ihren Augen auf. Unverkennbar, individuell, einzigartig.

Tausendmal wortlos bewundert, unauslöschlich abgespeichert in der Festplatte ihrer Seele.

Die Schulter mit dem Kussmund.

Das Muttermal von Ulla.

Der Lippenabdruck von Ullas Schutzengel.

„Ulla", haucht sie ganz leise im emotionalen Schockzustand, um dann Sekundenbruchteile später – als ob sich Juttas Stimmbänder erst für diesen akustischen Kraftakt aufrüsten müssten – diesen Namen aus den Lungenflügeln herauszubrechen und mit allen Restreserven in diesen wirklichen Moment hinauszuschreien.

Ein hysterischer Schrei der Hoffnung, der Liebe, der Erleichterung, aber auch der Furcht.

„Uuuuuuuuuuuuuuuuuuuuuuuuuuuuuuuuuuuuuulla aaaaaaaaaaaaaaaaaaaaaaaaaaaaaaaaaaaaaaaaaaaa aaaa!!!!!!!!!!!!!!!!!!!!!!!!!!!!!!!!!!!"

Der Schädel, der zu dieser Schulter gehört, dreht sich zu Jutta um.

Ullas Augen starren sie völlig teilnahmslos an.

„Ulla, Schatz, kennst Du mich nicht?

Ich bin's, Mama, deine Mama...

deine Mama...

Mama."

Nur mit den Fingerkuppen berührt sie ganz vorsichtig zärtlich, den kahlen Kopf ihrer Tochter, streichelt sanft die Haarstoppeln. Aus Angst sie selber oder irgendetwas anderes könnte dieses Wesen und diesen Augenblick zerbrechen.

„Mmmmma...", stammelt die Frau, die Jutta für ihre Tochter hält.

Die Augenpaare treffen sich, aber finden sich nicht.

Der Behälter wird geöffnet.

Eine Hühnerklauenhand greift im Sekundentakt nach den angsterfüllten, sich nervös hin- und herbewegenden Menschen in der Box.

Unaufgeregt, geübt, routiniert.

Dieselbe Bewegung, fast maschinell standardisiert.

Wie ein Roboterarm in der Fertigungsautomation.

Die Klaue packt Ulla an einem Fuß und zieht sie aus dem Behälter.

Der Augenkontakt reißt ab, der kurze Moment dieser einseitigen, vielleicht sogar eingebildeten Mutter-Tochter Beziehung zerbricht.

„Ulla, Liebes", wirft Jutta ihrer Tochter noch kraftlos nach.

Durch die Luftschlitze erhascht sie einen letzten Blick auf ihr vermeintliches Kind.

Kopfüber hängen Ulla und die anderen an einer Fließbandschiene, die sie mit zügiger Geschwindigkeit aus der Transportboxzone wegbringt.

Die Klaue erfasst Jutta am linken Fußknöchel und zerrt sie als Nächste nach draußen.

Erst jetzt bemerkt sie, dass der Identifikationsring an ihrer linken Hand entfernt wurde.

Sie wird mit den Füßen an einen der Haken auf der Transportschiene gehängt. Das gesamte Gewicht hängt an den beiden Fußknöcheln.

Der rasende Schmerz treibt Jutta die Tränen in die Augen.

Alles passiert industriell getaktet, rasch und effizient.

Nur ein rasanter Schlachtablauf ermöglicht einen profitablen Fleischproduktionsprozess.

Sie kann noch sehen, wie die Transportschiene die hängenden Körper durch das Wasserbecken führt.

Ein Blick zur Seite offenbart und bestätigt ihr die daraus resultierende Leblosigkeit.

Alles wie beobachtet.

Bilder, mit denen sie sterben wird.

Vor ihr taucht das Wasserbecken auf.

„Vielleicht war das alles trotzdem nur ein schlechter Traum", ist ihr letzter Gedanke und auch ihre letzte Hoffnung.

„...........iiiiiiiiiiiiiiiiiiiiiiiiiiiiiiiiiiiiiiiiiiiiiiiiiiiiiiiiiiiii
iiiiiiiiiiiiiiiiiiiiiiiiiiiiiiiiiiiiiiiiiiiiiiep......................iep.........
....piiiiiiep.......piiiep....
.........................piep........piep...............piep.piep.....
piep....... piep........ piep piep........ piep..... piep
piep..............piep.... piep..... piep....... piep........
piep........ piep........ piep.....
piep..............piep..............piep.... piep..... piep.......
piep........ piep........ piep........ piep.......piep.......
piep....... piep........ piep"

„Das ...ist ja ...un - glaub - lich......"
Sein erster Gedanke hat sich Dr. Herges' Stimm-
bänder bedient.
Wie in Trance spricht er aus, was alle denken.
Das gesamte anwesende Team starrt gebannt und
fassungslos auf den Bildschirm.
Das Herz, das still stand, hat es sich gerade anders
überlegt und dazu aufgerafft, seine Arbeit wieder
aufzunehmen, mit zunehmender und beruhigender
Regelmäßigkeit.
„Langfristige   Kreislaufstabilisierung   und
Verlegung in die Intensivbeobachtung.
Und...danke, an das Team und nach ganz oben für
die erfolgreiche Zusammenarbeit!"

Epilog

Vor einigen Tagen:

„Gschgschgschgsch...gschgschgschschschschschschsc hschschschschschsch...gsch!!"

Dieses Zischgeräusch reißt Jutta aus ihrer Fernsehtrance.

Wie so oft hat sie sich in die Wohnräume der Geflügelten eingeschlichen und frönt ihrer heimlichen, aber unerlaubten Leidenschaft.

Dem Fernsehen.

Hinter dem großen Polstersessel mit uneingeschränkter Sicht auf den TV-Bildschirm.

Der Wohntrakt der Hühnerwesen ist absolute Tabuzone für die Menschen.

Aber für Jutta ist es wie ein innerer Zwang.

Von Zeit zu Zeit muss sie in dieses Gerät mit den bewegten Bildern starren.

Unzählige verschiedene Geschichten, völlig von ihrer gewohnten Alltagswelt abweichende, faszinierende Eindrücke.

Werbung für unterschiedlichste Konsumartikel, ästhetische, sich einprägende Bilder von Kaffeemaschinen, Autos, Möbeln, Schönheitsprodukten und Urlaubsdestinationen.

Bergbauernmilch aus Biolandwirtschaft und der perfekt abgestimmte, individuell maßgeschneiderte

Versicherungsschutz für Gesundheit, Haus und Fahrzeug.

Arzt-, Klinik- und Krimiserien ebenso wie Liebesschnulzen und romantische Komödien.

Jutta hatte mittlerweile auch die Fernsehgewohnheiten der einzelnen Hühnerfamilienmitglieder abgespeichert.

Und ihre ganz besondere Vorliebe teilt sie mit Frau Henne:

Familienserien, endlose Telenovelas mit bevorzugt funktionierenden, vielleicht sogar glücklichen Beziehungen geflügelter Art.

Eine heile Welt, künstlich konstruiert, die so nur auf dem Bildschirm existiert und in Jutta eine ganz tiefe Sehnsucht geweckt hat.

Eine Sehnsucht nach Harmonie, Sensibilität, einem sozialen Gefüge aus positiven Gefühlen und wechselseitigem Vertrauen.

Diese Serien legten für Jutta das Fundament des Verlangens nach der kleinsten, aber wichtigsten Einheit einer funktionierenden Gesellschaft –

einer liebevollen Familie.

Eine Saat, die durch diese heile Bildschirmwelt gesät wurde und in Juttas Bewusstsein auf fruchtbaren Boden fiel und langsam, aber stetig – im starken Kontrast zu ihrer brutalen, triebgesteuerten Alltagswelt – zu einer Hoffnung auf ihrem Wunschhorizont heran keimte, sich manifestierte.

„Gschgschgschgsch...gschgschgschgsch...gschgsch gschgsch..gschgschgschgsch gschgschgschschschschschschschschschschsch!!!!"
Ertappt und aufgescheucht, springt Jutta flink aus ihrem Versteck hinter dem Polstersessel auf das Fensterbrett, schlängelt sich so wie zigmal vorher geschickt durch die seitliche Öffnung des gekippten Wohnzimmerfensters.

Gut auf der Wiese gelandet, beeilt sie sich in die sichere Scheune zu gelangen.

Zumindest sicher vor der perfiden Freizeitbeschäftigung des Geflügeljuniors.

Der junge Hahn hat geradezu eine Leidenschaft entwickelt. Bei jeder sich ihm bietenden Gelegenheit, zückt er seine Schleuder, die er immer in einem Halfter bei sich trägt.

Er schießt, beziehungsweise schleudert alles, was sich irgendwie als Geschoß eignet, auf sämtliches, das er für treffenswert erachtet. Vorzugsweise Menschen, die sich gerade in Reichweite seiner Schleuder aufhalten.

Jutta hat die Scheune fast erreicht.

Erschöpft von der im Sprint zurückgelegten Strecke, muss sie kurz stehenbleiben und durchatmen.

Ein kurzer Blick zurück.

Der geflügelte Bauernsohn steht in Schussposition und Jutta nimmt gerade noch das entspannte

Nachfedern des auf der Schleuder befestigten Gummibandes wahr.

Sekundenbruchteile später spürt sie den äußerst schmerzhaften Aufprall des harten Geschosses auf ihrer Stirn.

Jutta sackt getroffen zu Boden...

….„Mama, was ist denn los?"

Danke

Einen herzlichen Dank an die Probeleser für die ersten Rückmeldungen.
Außerdem an unsere Lektorinnen, Sigrid und Frau Doktor Renate Feikes.
Ein ganz besonderer Dank von Autor an Co-Autor und umgekehrt für die hervorragende Zusammenarbeit, die zuerst die Idee und in Folge das Fundament schuf, auf dem diese ungewöhnliche Geschichte entstanden ist.
...und an Agnes, ohne die ich schon längst „OHNE WORTE" wäre.....

Quellenangaben:

* „Ich wollt ich wär ein Huhn"
Urheber: Peter Kreuder / Hans Fritz Beckmann,
aus dem Film "Glückskinder", erschienen 1936,
Deutschland

** „Schrei!"
Urheber: Peter Hoffmann / David Jost / Dave Roth
/ Patrick Benzner / Bill Kaulitz
aus dem Album "Schrei", erschienen 2005,
Deutschland
(Originalversion: P.O.D. (Payable on Death)
Set It Off (2001)
Urheber: Noah C. Bernado jr. / Marcos Curiel /
Mark Traa Daniels / Paul J. Sandoval)

*** „Don't Worry, be happy!"
Urheber: Bobby McFerrin, erschienen 1988, USA

Florian Schedlberger.

1967 in Grieskirchen, OÖ, geboren
Verheiratet,
Vater eines Sohnes,
lebt in Wels, OÖ

Bisherige Veröffentlichungen:
„Schwarz/Rot" Verlag BoD
(Gedichte u. Texte mit eigenen
Illustrationen)

Martin Schedlberger.

1970 in Grieskirchen, OÖ, geboren
führt eine wilde Ehe,
Vater einer Tochter,
lebt in Wallern a.d. Trattnach, OÖ